幸福就这么简单

郭明义◎著

中国工人出版社

图书在版编目（CIP）数据

幸福就这么简单 / 郭明义著. — 北京 : 中国工人出版社，2011.8
ISBN 978-7-5008-5033-5

Ⅰ. ①幸… Ⅱ. ①郭… Ⅲ. ①郭明义—生平事迹
Ⅳ. ①D263

中国版本图书馆CIP数据核字（2011）第164620号

幸福就这么简单

出 版 人	李庆堂
责任编辑	李 刚
责任校对	赵贵芬
责任印制	杜信利
出版发行	中国工人出版社（北京市东城区鼓楼外大街45号 邮编：100120）
网 址	http://www.wp-china.com
电 话	010-62350006（总编室） 010-82075934（社科文艺分社）
发行热线	010-62383056 62005042（传真）
读者服务	010-62389465
经 销	各地书店
印 刷	北京市密东印刷有限公司
开 本	700 毫米×1000 毫米 1/16
印 张	11.75
字 数	200 千字
版 次	2011 年 12 月第 1 版 2025 年 3 月第 23 次印刷
定 价	25.00 元

本书如有破损、缺页、装订错误，请与本社读者服务部门联系更换

前言

郭明义的小学初中同学、邻居、齐大山铁矿工友李树伟曾经讲过这样一个故事：

前些年，齐大山铁矿有一次评先进、劳模。由于评出的几个人都难以服众，工人们聚在一起议论纷纷。这时，老党员李成林劝大家："你们别老挑毛病，哪有完人？"

工友们说："你让我们不挑毛病可以。你说个人，我们向他学。"

李成林想了想说："孔繁森！"

工友们哈哈大笑："孔繁森与我们隔着十万八千里，我们没见过。你给找个身边的、大家都见过的！"

李成林又想了想，吐出3个字："郭明义!"

顿时，一片寂静。

过了好一阵子，有人轻声说："傻子。"紧接着，有人说："纯傻子！"

李成林说："你们在郭明义身上，挑出一个毛病，我请你们吃饭。"

大伙全愣了，一时鸦雀无声。

身高1.70米，身材瘦削，和铁矿石颜色一样的肤色，永远是一身旧旧的工作服和一双大头鞋，这就是郭明义。他不是政界要人，也不是商界巨贾，他只是一名普普通通的退伍军人，只是鞍山钢铁集团矿业公司齐大山铁矿生产技术室采场公路管理员。他没有做出什么轰轰烈烈的大事，也没有惊天动地的伟业。可是，他立志做雷锋一样的战士，他爱岗敬业、乐于助人，他艰苦朴素、无私奉献。即使退伍，他仍然几十年如一日地以实际行动实践着雷锋精神，诠释着什么叫"把有限的生命投入到无限的为人民服务之中去"。

1977年，郭明义光荣地入伍，实现了他想当一名解放军战士的愿望。在部队，他以雷锋的作风来严格要求自己，积极进取，努力奋进，终于在

1980年光荣地加入了中国共产党。他还曾先后荣获“学雷锋标兵”、“优秀共青团员”等称号。五年的军旅生涯转瞬即逝。一心想留在部队的他最终还是复员回到了鞍钢齐矿，可是他没有丝毫怨言，仍然以一名军人的作风来要求自己，对事业执著追求，不论领导将他安排到什么样的岗位，他都能干一行爱一行、爱一行专一行。自从成为采场公路的管理员，他牺牲掉自己的所有假期，累计献工15000多个小时，15年来他做了相当于20年的工作量。然而，他令人敬佩的不止这些，除了对工作的热忱外，他还时刻践行着全心全意为人民服务的宗旨。自1990年起，他开始无偿献血，20年来没有间断，目前已累计献血6万毫升，相当于自身总血量的10倍。他献出的血足以装满6个纯净水的桶。1994年起，他开始资助贫困学生，至今共有180多名特困生因为他的资助而能继续自己的学业。对于灾区群众，他不仅多次进行捐款，还积极组织募捐活动，而对于身边有困难的工友，郭明义更是不遗余力地帮助他们。十几年来，他一共捐出去了12万元，相当于自己收入的1/3，仅汇款单就有140多张，收到感谢信200多封，而自己的家却一贫如洗。除此以外，他多次发起无偿献血和无偿捐献造血干细胞的倡议。他组织了一个无偿献血队，同时他还号召了1700多名工友及社区居民加入捐献造血干细胞的行列。后来，他还组建了一个爱心联队，力求最大限度地帮助那些需要帮助的人。2007年以来，他的献血队已累计献血15万毫升，他的爱心联队已经募捐了近40万元，资助了1000多名贫困学生……

自序

连我自己都不清楚，我怎么就一下子成了“名人”了。经常有记者采访我，而且几乎每个记者都会问我：郭师傅，你这么多年坚持不懈学雷锋做好事，难道不觉得辛苦吗？第一次遇到这样的问题时，我仔细琢磨了半天，觉得我这样的人生挺好的，从未觉得有多苦多累。

每次做完好事，我匆忙往家赶，老远看见爱人站在门口的阳光下等我。她微微一笑，我一股幸福感涌上心头。

小时候，父亲的为人对我产生深深的影响。也就是在那个时候，我开始崇拜雷锋，希望像雷锋一样，做一个为人民服务的人。从小学四年级开始，我每天天不亮就起床，提前到学校给同学们生炉子。看到别人能够在我的帮助下享受温暖和快乐，我第一次感受到了因为服务于他人给自己带来的幸福。从那时起，我就下了决心：雷锋的道路就是我的人生选择，雷锋的境界就是我的人生追求。

1977年1月，我如愿以偿地穿上绿军装，走进了军营。那些年，部队学雷锋氛围特别浓，大家你追我赶，都想当学雷锋标兵。我更想当，我是从鞍钢来的，不能给雷锋丢脸。慢慢地，学雷锋更成为一种习惯和自觉。被师后勤部评选为“学雷锋标兵”的那天晚上，我兴奋得一宿没睡着。当兵5年，获得5次嘉奖，被师里评为优秀团员。还有什么比这更幸福呢？

参加了工作，接触到不同的社会群体，就更会有不同的人生思考。我经常接触孤儿院的孤儿、上不起学的孩子、生活困难的职工，和他们相比，我就感觉自己非常富足，我就非常想去帮助他们。

如今人们都知道我资助贫困学生。其实我一开始资助贫困学生纯属偶然。有一次，我随工友去助民劳动。到一户人家一看，鼻子就酸了：两间破旧的土坯房里，妈妈躺在床上动弹不得，10岁的小女孩踩着一个小凳子，正艰难地给妈妈做饭……原来，孩子父母离异，与妈妈相依为命，可妈妈患上了严重的糖尿病，基本丧失劳动能力……看到这，谁的心会不软呢！我给小孩留了200块钱，回来后，还是放心不下。听她母亲讲，小孩成绩不错，要是因为没钱耽误了上学，那一辈子可就毁了！思来想去，我决定定期给她邮钱，供她读完小学、中学、大学。就这样，我踏上了资助贫困学生之路，慢慢地，我资助的学生，从几个、十几个累计到了现在的300多个。不为别的，只因为每当我听到贫困学生的消息，我要不帮，自己心里那关就过不去。前不久，我资助的一名女孩给我来信，说她大学毕业后，被上海一家大型船舶公司录取，如今年薪一二十万呢，现在也开始学着帮助别人了。听到这个消息，我特别高兴。当天晚上，我让媳妇炒了两个菜，喝了两盅，那种成就感和幸福感是别人体会不到的！

我就是这样，看到别人苦我心里也苦，看到别人幸福我也觉得幸福。在我看来，帮助别人改变命运，比什么都幸福！要让爱自然地去流淌，自然而然地流淌在这片红色的热土上。

20年前，我开始义务献血；2005年，我开始献血小板。到现在，光献血证就54本。有人给我算了算，总共6万多毫升，正好装6个纯净水大桶，说能救活75个重危病人。古人说，救人一命，胜造七级浮屠。对我来讲，这是最好的奖励，比颁发给我"全国无偿献血奉献奖金奖"都重。

可一个人浑身是铁，也打不了几颗钉。于是我开始合计，要是大家都能跟我一样，就好了。于是我去"鼓动"别人。我们那个年代的人，打心眼里崇尚雷锋做好事。我做的这些事，也许有些人理解不了。他们崇尚歌星、明星。这些我都明白，也都理解。我也有自己的精神生活。可我坚信，人心总是善的，总去做好事，总去一点一滴地帮助他人，改变现实，社会就会越来越好。

事实证明我是对的。比如在2006年年底，工友张国斌的女儿患上了白血病。我和工友们一起，给他捐了两万来块钱。可光捐钱不行，必须得找到相匹配的骨髓。咋办？我带着国斌一家人去了广播电台，做节目呼吁大家献爱心。节目还没做完，就有30多人把电话打进直播间，要求献造血干细胞。到了医院，一两百人争着做配对检查。后来，老张的女儿配型成功，手术后如今都快康复了。手术那天，我和国斌在医院走廊等着。医生走出来说，手术成功了。我一把抱住国斌，啥话也说不出来，使劲拍他的背，巨大的激动与幸福在心中满溢。

有一次辽宁电视台《今晚博客》栏目邀请我去做节目。到最后，主持人把我爱人请上了台，说爱人这么多年默默地支持你，你看着镜头，对她说句心里话。看着她与我一起苍老的容颜，这些年的一幕幕在我脑海里像过电影一样闪过。我刚一张嘴，话还没说出来，眼泪却先流了出来。哽咽了半天，我擦干眼泪说："媳妇，谢谢你！"

退伍28年，我没哭过。可面对妻子，我没控制住。这些年，我没对不住谁，但亏欠了家人不少。结婚这么多年，我家无余财，只陪爱人逛过两次街，一件像样的礼物都未曾给她买过，到现在，我们还住在40平方米的小房子里。但爱人和女儿理解我，支持我。曾有好多记者对我说："老郭，你娶了个好媳妇，生了个好女儿！"我一听，笑了，心里很甜。我有这么好的妻子、女儿，做了这么多的好事，改变了那么多人的命运，想到这些，我由衷地感到自己的幸运和幸福。其实我做的每一件事情，功劳都有至少她们的一半在里面。

是的，我不是大官，也不是富豪；没有权，也没有势。但有时候静下心来，回想自己这半辈子，觉得更多是安慰和幸福：没想到，我还干了这么多的事。虽然没啥轰轰烈烈的，也许有的人还不理解不认同。可我每每想起来，心里就有几分宽慰；想起一件，就多一分幸福。

如今，媒体说我是"雷锋传人"，我对此无比骄傲和自豪，也深感自身责任重大。雷锋同志曾说："人的生命是有限的，可是，为人民服务是无限的，我要把有限的生命，投入到无限的为人民服务之中去。"我愿意用我的一生来践行这句话，在这个过程中慢慢品尝幸福，并把幸福带给更多人。

30年来，我经历了很多，但我的信念一直很明确：一个共产党员，要为党、为国家、为人民的事业奉献自己的一切，这是天经地义的，不需要任何理由！

最后，献上这首《把幸福给你》，愿天下所有的人都幸福。

千百次的我问自己
我的人生 我的爱 在哪里
答案总以热血的名义
我真心地告诉你
这就是我守候的唯一
来吧 朋友
让我唱起心中的歌谣
来吧 朋友 给你一片蓝天
放飞这世界的爱翼
把幸福给你
夜深人静时 我放飞思绪
我的辛劳我的梦
常忘了自己
深情总是绵绵的结局
我默默地告诉你
爱就是我一生的给予
来吧 朋友
让我给你一个太阳吧
来吧 朋友 给你一片绿色
放牧这世界的美丽
把幸福给你
来吧 朋友
让我给你一个太阳吧
来吧 朋友 给你一片绿色
放牧这世界的美丽
把幸福给你

郭明义

2011年10月

目　录

Contents

四 心中的爱

序篇 雷锋精神激励了我

雷锋这个名字像是烙印一样烙在了中国人的心里，一代又一代。但是，他并不是因为做了什么惊天动地的大事而被人记住，恰恰相反，他做的事情大家都能做，但是没有人做得比他好。因为他在平凡的岗位上做出了不平凡的成绩。因为他全心全意为人民服务、为人民事业奉献。因为他那颗赤诚的心，怀了一辈子。所以他的精神感动了一代又一代人，也感染了一代又一代人。而这些人中，就有这么一个人，不仅仅被雷锋精神所感染，更立志要做一个像雷锋一样的人，那个人就是我。

我生于1958年，辽宁鞍山人。我小的时候，正流行雷锋热，全国上下都在学雷锋。加之雷锋当兵前曾在鞍钢工作过，所以鞍钢的学雷锋活动尤为热烈。这样一来，我孩童时期就一直浸润在“雷锋热”的环境中，我觉得自己作为一名土生土长的鞍钢人，一定要将雷锋精神传承发扬，不能给雷锋脸上抹黑。于是，小时候总是转着脑筋不断地思考、发掘，思考哪里有好事可以做，发掘一些好事可以让我去做。

那年头，东北的冬天比现在还要冷。孩子们早上去上学，一出屋门，寒风就劈头盖脸而来，无处躲藏，捂得再严实，也还是冷。脚下是厚厚的雪，踩上去嘎吱嘎吱响。孩子们天性爱玩，要是放在现在，看见那么厚的雪，估计满眼满脑都是兴奋。可是对于那个时候的孩子来说，眼里脑子里

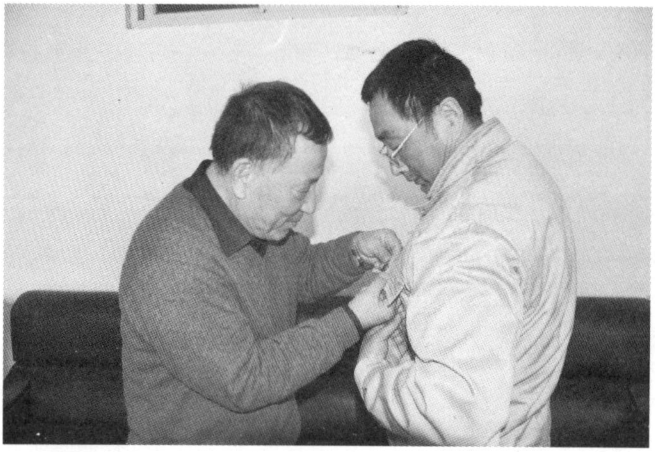
若干年后，雷锋生前最亲密的战友乔安山赠送郭明义一枚珍贵的雷锋像章

就剩下了冷。孩子们无心赏雪，哆哆嗦嗦地朝着学校跑去。可是跑到了学校就暖和了吗？不，那年头的学校没有暖气，屋里并不比外面暖和多少，只是阻隔了寒风的侵袭。为了让孩子们能安心上课，学校要求每个班级里都生上热炉子。这就让每天转着脑筋想做好事的我逮着机会了，我想，如果等同学们都到了班里再生炉子，那么从炉子开始生到屋里暖和起来，还要好大一会儿，这中间，刚刚从外面进来的同学还要受冻，这肯定要影响上课的效率。于是我决定牺牲自己的睡眠时间，早点起床为同学们生炉子。

就这样，每天清晨我忍着刺骨冰冷的寒风，一个人跑到空荡荡又冷冰冰的教室里为大家生炉子。第一次，当同学们进教室后看到生得旺旺的炉子，感受到如春的温暖时，都有一瞬间的睖睁。大家禁不住窃窃私语，想知道是谁做了这样的好事，我没有吭声。突然有人喊出我的名字，因为那个人是除我以外，最早一个到教室的人，他说他进教室时只有我一个人，那么这炉子也只能是我生的。大伙儿都知道这炉子要生得这样旺，没有一时半刻工夫是不行的。想着我一定是起了个大早才能赶到学校来生炉子，不禁都用崇拜的目光看着我。有个大大咧咧的男生还搓着手说：“你太厉害了，竟然舍得那么早就从被窝里出来，还是为大家生炉子，我太佩服你了！”

老师知道后，当着全班同学的面表扬了我。老师的表扬、同学们的赞叹都让小小的我着实满足了一把。每天早上，当我看见同学们一进班就对着火炉的兴奋劲，就觉得自己又向雷锋同志靠近了，心里头高兴得没话说，至于起点早、受点冻都不算什么了。

编辑补记：

这看似是一件小事，可是对于当时只上小学四年级的郭明义来说，早上天不亮就从暖和的被窝中爬出来，不失为一种挑战。因为即使对于一个要早起上班的大人来说，要爬出温暖的被窝也需要小小挣扎一番，何况是一个孩子。然而，郭明义几年如一日地坚持了下来，从一个四年级的小学生，到后来的初三毕业生。年年冬天，他为同学们生炉子，用同学们的满足来换他的满足。不是责任，也没有承诺，他只是凭着一股信念，一股韧劲儿，用一颗孩子的心，敲开了雷锋精神的大门，他走进去，看见了里面的广阔。

一　当兵的我

初三那年，我跟父亲说：我想当兵！父亲问我，为啥想当兵？我说：雷锋就是到部队才成为雷锋的，当兵有出息！

1977年1月，我踏进了绿色军营。部队学雷锋氛围特别浓，大家你追我赶，都想当学雷锋标兵。我更想当，我来自雷锋曾经工作和生活的地方——鞍钢。

我告诉自己：一定要像雷锋那样，把有限的生命投入到无限的为人民服务中去。

这是军旅生涯给我一生最大的赐予，永远都在激励着我。

1 | 当兵的路上，我做义务乘务员

当一名光荣的解放军战士，当一名雷锋式的兵，是少年时期的我不变的理想。于是，我多次和父亲说要去当兵。父亲叫郭洪俊，是鞍钢的老员工，他和当时的鞍山军分区副政委、老红军余新元曾在英模会上相识。我知道后，就央求父亲说："您去找余伯伯，跟他说我要去当兵，我一定要去当兵！"

被缠得没办法，父亲只好在一次交谈中，委婉地向余新元表达了自己儿子想当兵的愿望，余新元说："老郭，你的儿子想当兵，这是件好事，部队就需要这样有志向的好孩子，我一定帮忙积极推荐。"正是在这名令人尊敬的老红军余新元的帮助下，我才最终来到了部队，迈出了人生最重要的一步。那一年是1977年。也许是冥冥中的缘分，才让历史在不经意间上演了令人惊喜的巧合。16年前，同样是在鞍山火车站，余新元也曾把另一个鞍钢小伙子送上了运兵的专列，那个小伙子，名字叫雷锋。

出发前，新兵们要举行一个出发仪式。1月的鞍山寒风瑟瑟，但是火车站广场上空却彩旗招展，锣鼓喧天。来自鞍钢的200多名新兵，穿着崭新的军装，精神抖擞，满怀激情，整个广场气氛庄严肃穆。此时，主持人宣布请新兵代表发言，我就快步走上讲台，开始了慷慨激昂、意气风发的发言。台下的新兵们惊讶地发现，我在发言时手中的讲稿竟然没有看一眼，而讲的过程中也没有错一个字。大家无不为之赞叹，于是纷纷打听我的名字，有认识我的战士介绍说，这就是来自齐大山的郭明义。

当雪花飘落下来的时候，列车徐徐地驶出了鞍山火车站。带着对家乡的眷恋和热爱，怀揣梦想的我又开始转动那颗只往好事里钻的脑筋。我扫了一眼车厢里的新兵，刚远离家乡，有兴奋的，也有伤感的，还有些自来熟的，已经开始聊起对未来生活的向往。暗自思量了一下，我大概知道应该做什么了。我起身朝前走去。

一会儿，车厢里就出现了一个忙碌的身影。我一会儿为新兵们倒热水，一会儿帮列车员打扫卫生，收拾餐桌上的垃圾，仿佛有使不完的劲

儿，自己一身的绿军装也在忙碌中更显青翠和生机。一位乘务员看见我满脑袋上都是汗水，便劝我休息一下，旁边有聊天、打扑克的新兵也被我忙前忙后的服务弄得不好意思，也跟着乘务员一起劝我休息。我笑呵呵地说："我没事儿，一点儿都不累！""你是在学雷锋做好事吧！"有新兵打趣地说。"对啊，我就是要学雷锋，我就是要做雷锋做过的事，走雷锋走过的路。雷锋同志出差坐火车，就做了一路的好事，我也要在火车上做一路的好事。"我仍是笑呵呵地说，手里的动作却一刻不停。

乘务员看着我忙碌的样子，只好摇了摇头回到自己的座位。

编辑补记：

通过采访郭明义的老战友，我们得知，当时同车的不少人心里有一种莫名的悸动，似乎又一个雷锋要出现了。那满车的伤感、嬉闹和扑克声在一瞬间仿佛成了无声的背景，车厢里只剩下那个忙碌的背影，一身入眼的绿！

2 | 新兵训练，我的字典里没有"累"字

列车到站了，新兵们收拾起伤感和松懈，扔掉手中的垃圾袋和扑克牌。我也结束了自己的义务乘务员身份，擦擦额头的汗，和大家站到了一起。没有疲劳和忧伤，有的只是和所有新兵一样的兴奋和新奇。200个人，整齐的队伍，步伐坚定地踏入了火热军营。

军营里，彩旗飘扬迎新兵，接受分配后我握紧自己的双手，却抚不平激动，因为被分在了沈阳军区23军67师201团1营1连。也许有人不了解这个连，但对于一心渴望当兵、当好兵的人来说，不可能不知道这个连的光荣历史。这个连队，是由原粟裕警卫营改编而成；这个连队，参加了上甘岭战役和丁字山战役，在抗美援朝中充分展现了无人能及的中国人民子弟兵的风采；这个连队，在珍宝岛自卫反击战中，从冰河上拉来了坦克；这个

连队，在我入伍的第一天，班长就为我打来了热水，为我驱逐寒冷和一身的风尘……

入伍那天的下午，我们新兵一起去参观了连史陈列馆，我看到了悬挂于墙上的一面面锦旗，看到了英雄们留下的一件件遗物，看到了军事博物馆里陈列的从冰河上拉来的T62坦克，我无法克制住内心的激动。那些锦旗，那些遗物，是一位位英雄血染的风采、生命的代价，但同时，又是英雄们长存的见证。这一刻，一个个年轻的小伙，堂堂血性男儿，都流下了眼泪。也就是在这一刻，这个连队，彻底征服了我。它让我这一生，勤于奉献，甘于付出，乐此不疲。

晚上，躺在床上，我仍然无法平静内心的躁动，觉得内心里仿佛有一把火在燃烧，想燎原却找不到出口。翻出自己的日记本，在上面写道：“自己要努力学习，学好军事本领，为保卫祖国、建设祖国作出贡献。”写完这些后，我的内心平静了许多，反复默读自己写下的文字，从字里行间，我更加明白了自己的人生追求，懂得了自己终其一生要走的路，那就是：为了祖国，为了人民，燃尽自己最后的一点热！

第二天，连队里就开始了两个月的新兵训练，严酷、繁重、单调的训练生活让新兵们疲惫不堪。所以，每当训练过后新兵一起参加劳动时，战士们的精神便不如刚来的时候那样抖擞，一些从城里来的战士也没有农村的士兵们肯干，但这里面不包括从城里来的自己。我就像是一种全自动可再生的能源，源源不断地输送力气，让我不论在干什么事情都干得最认

1977年，满怀报国热情的郭明义（后排右二）报名参军，成为一名光荣的解放军战士。参军第二年他成为全师学雷锋标兵

真、最起劲。和我一起劳动的新兵开玩笑说，干起活来都不知道休息，也从未听我喊过累，更没听我抱怨过什么！确实，在那两个月，刚规划完自己人生之路的我像上足了劲的发条。除了训练和连队要求的活动外，我还坚持每天早晨、中午为连队的炊事班挑两三担水，间或做些别的好事，一直到离开一连。

两个多月，二百多担水，炊事班的士兵都记住了我这个个子不高，笑起来一脸傻憨的战友，也让连队记住了我这个一心想向党靠近，向雷锋看齐的小战士！战友们告诉我，他们热爱这个小战士，也心疼这个小战士。那一天，轮到我站岗，可是过度劳动后的我没有按时起来换岗，排长看着躺在床上睡着的我，实在不忍心去喊我起来，最后他替我去站了一次岗。当我得知排长替自己站岗后，我心里装满了对部队的热爱。

编辑补记：

他为别人做的事，自己从来没有记过，但是别人为他做过的事，却像一圈圈涟漪，在心湖荡了二十多年，直到现在，他也没有忘记自己漏站的那一次岗，没有忘记替自己站岗的排长！

3 | 当了汽车兵，我发了狠地学技术

新兵训练结束后，我由于表现优秀而被分到了师直属汽训队，成了一名人人羡慕的汽车兵。

学习驾驶汽车后，我觉得自己不能跟在别人的屁股后面，要学就要学得最好，还要学得最快。于是，我发了狠地学技术。我抽空就学习，挤时间也要学习，遇着不懂的地方就问别的士兵。以至于新兵们背地里都嘀咕我是不是着魔了，哪有这样发狠劲学习的。这还不算，我还经常到保养班给人家打下手，每一次连队里业务学习，我都非常认真地做笔记，课后到车场去实践。每一周的车场日，我都会认真地检查及保养车辆。到最

后，我都给保养班的士兵们造成了错觉，好似我不是一个新兵，而是保养班里的一员。

由于我的苦学，仅一周的时间，就成了汽车连教导队学员中驾驶动作最标准的人，战友们也无比佩服地称我为“模子”、“榜样”。但我觉得这样还不够，还无法令自己满意。可是白天的时间已经被挤得像拧干的海绵，一点水分也没有了。于是，我将视线放在了晚上。晚上，寝室里的灯是到点就要熄的，等熄灯后战友们都去睡了，我就将头缩进被窝里，拧开自己的手电筒，开始啃专业书。直到累得睁不开眼睛，我才会关了手电筒结束一天的功课。第二天，再早早地起床，开始新的一天的训练。我就这样暗地里下着工夫，没有人知道。直到有一天晚上，我刚将手电筒打开，汽训队的指导员康玉久来营房查看，当他轻声推门来到我所在班时，看见我全身都蒙在被子里。他想，这样对身体不好，就上前将我被子拉开，让我的脑袋从被子里露出来。然后他发现了我的“小秘密”。他看着我一手拿手电筒，床上放着书，另一只手还在书上来来回回地比画着，于是猜测我比画的肯定是汽车油路图或机械构造图。指导员康玉久的心里着实为我的那股钻劲高兴，但是为了维护部队的纪律，同时也为了我晚上能休息好，康玉久还是认真地教育了我。这些都是指导员后来告诉我的，我才知道自己让指导员这么操心。

这段时期内，我虽是发了狠地学习汽车技术，但我仍潜意识地私藏了小部分的精力。那私藏的小部分精力都投在了学习《毛泽东选集》和《雷锋日记》上。我一边学习一边写心得体会，不断提高自身的思想觉悟，还多次向党组织递交了入党申请书。其实在我两个月的新兵训练时就已经递交了申请，虽然组织一直没有批准，但是我从未气馁，一直以一名共产党员的标准来严格要求自己，把学雷锋精神当做毕生的追求。每天早上，我第一个起床，冒着严寒去挑水。地面上结的冰使我走路十分不稳当，脚下经常打滑，扁担上的水桶不时摆动溅出水来洒在衣服上都结成了冰，挑水回来时我的身上经常挂着冰块，可是，我觉得心里是温暖的，是高兴的。挑满水缸后，又忙着砍柴、生炉子、烧水，战友们起床后马上就能用上热水了。自己班里的事情忙完了，我闲着没事做，就到别的班去做这些事，战友们都戏称我为“闲不住”。

功夫不负有心人，经过我的不懈努力，终于练就了过硬的汽车技术：能够凭着记忆熟练地画出汽车电路图；能够只听声音就判断出汽车故障出在哪儿。在汽车连教导队学员毕业的时候，我在全师的技术业务竞赛中，取得了专业理论和实际考试的双冠军！

编辑补记：

“闲不住”虽然是一句玩笑话，可是开玩笑的人心里却对郭明义存了一份小小的感激和敬佩！由于他乐于奉献，不吝付出的表现，使得连队领导对他的评价都非常高，战友们也非常喜欢和他在一起劳动。这些都为他以后入党埋下了伏笔。

4 我想开汽车，却成了炊事员

在我心里，上天似乎一直挺垂青于我的，想当兵，顺利坐上了军列；进了军营，就被分在“钢铁英雄连”；新兵训练结束后，去了师直属汽训队，离开汽训队时，被分配到了师直属汽车连。正当我觉得可以报效国家，大展拳脚的时候，老天却打了个瞌睡，同我开了一个不大不小的玩笑，将我分配到了炊事班。

当时，领导以为我会说些什么，或者是一句不满，或者是一个失落的表情，可是什么都没有。我转而一想，每个岗位都需要人去做，每个岗位都能给人带来锻炼成长，于是我果断地拿着自己的东西，上炊事班报到去了。

同我一起被分到炊事班的，还有许多新兵，但我却是唯一一个没有丝毫怨言的新炊事员。我到师里学习烹饪技术，一如我学习汽车技术那样认真，所以不论是做饭还是做菜，我都学得特别快。学期完成后，我就到炊事班，做了一名炊事员。领导可能怕我心里装事儿，特意找我谈话，我反而安慰领导说，我心里没啥不满意的，干啥不都是为连队建设服务吗？我就做炊事员了，领导放心吧，我不会拖连队后腿的。

那个时候，为了合理分配粗细粮，连队每天早上要喝玉米楂子粥。这种粥要熬熟，需要花上好几个小时的时间，而熬不熟则不容易消化。当我成为炊事员后，为了让战士们喝到好喝又易消化的楂子粥，我每天早上天不亮就起床，收拾过后就开始为全连的战士熬楂子粥，从那时起，再没有战士抱怨粥难喝或粥不好消化。除了熬楂子粥外，我还会提前将炉子生好，做好做饭前的一切准备工作，往往是当其他炊事员到的时候，看到的都是洗好的菜。

我还非常注意伙食的花样，我觉得如果战士天天吃一样的菜，心情肯定不会好，心情不好就可能影响出车的安全。所以，为了能让战士们有个好心情，变着花样给战士们做饭，再单一的菜色到我手里，也要认认真真地做出几个花样来。时间一长，别的连队的战士们知道了，都特别羡慕汽车连的伙食好。另外，如果有的战友回来晚了，我就给他留饭；有时候冬天车回来得太晚了，我听到车声就赶紧起床给战友热饭。

编辑补记：

后来，郭明义的老连长蔺传芳回忆起这段时光时，这样评价郭明义，他说："郭明义学一行爱一行，爱一行钻一行。"是啊，他从来没有喊过苦、叫过累，从来没有抱怨过活多，从来没有挑剔过分配给自己的任务，他永远是一副干劲十足的样子，永远是一脸憨厚的笑容。在他的内心里，装着连队，装着战友，装着炊事班的菜，唯独没有装下他自己！

5 | 离开炊事班，我成了小猪倌

没有驾车的机会，被分配到炊事班后，我坚持认真做好一名炊事员，不让领导操心。我在心里给自己鼓劲，不能成为连队的负担，在暗地里给自己加油，做好了炊事员，总有机会驾车的。可是，让我料想不到的是，待在炊事班没有多久，我又被分配到了养猪场，成了一名小猪倌。

这一次，我有点无法在心里给自己鼓劲了，无法在暗地里说服自己了。我不想让自己的情绪影响到工作，不想拖连队的后腿，可更想能有机会开着连队里的车，风风光光地做一回真正的汽车兵。心里添了堵，工作起来难免不如以前那么有干劲，虽然我想掩饰自己心里的不痛快，但是指导员马玉良却早已将一切都看在眼里。他看着以前干活积极卖力的我变得蔫蔫的，做什么事都提不起精神来的样子，心里也是着急。于是，他逮着机会就去找我唠嗑。

指导员马玉良来到养猪场，看见我正在喂猪，就招招手让我过来休息一会儿。指导员问我是不是有心事。我摇摇头说没有。指导员说，我是你的指导员，有啥事是不能不跟我说的，要不我这个指导员有什么用处。听了指导员的话，我忽然就觉得自己满腹的委屈像撕开了一个口子似的，再也合不住了。我低低地说，以为自己到了汽车连，就能够开上汽车，虽然被分到了炊事班，可我还想着只要做好了，总有机会开汽车的。可是在炊事班的椅子上还没坐热，我就又被分到了养猪场。在部队喂猪，当个小猪倌，能有啥出息？而且传到家里，也不好听啊。父亲母亲都盼着我在部队能够做出点啥来，可是我却只能在这里喂猪，他们一定很失望的。听完我的话，指导员沉默了一会儿，然后他拍了拍我的肩膀，说："小郭，我知道你一直都很崇拜雷锋同志，那你说说看，你觉得雷锋精神有哪些是值得你学习的？"

一说到雷锋精神，我的精神来了，我说："雷锋精神的许多地方都很值得我学习啊，比如'傻子'精神、'钉子'精神、奉献精神和'螺丝钉'精神，等等。""你说得非常对，可是你并没有真正领悟雷锋精神！"指导员说。"嗯？"我有点愣怔住了，随后不服气地说："我怎么没领会？"

"连队让你喂猪，你就没劲头了，这能说是领会了雷锋精神吗？"指导员笑呵呵地说。

我低下头，也觉得指导员说得有道理，可是自己真的不想当个小猪倌

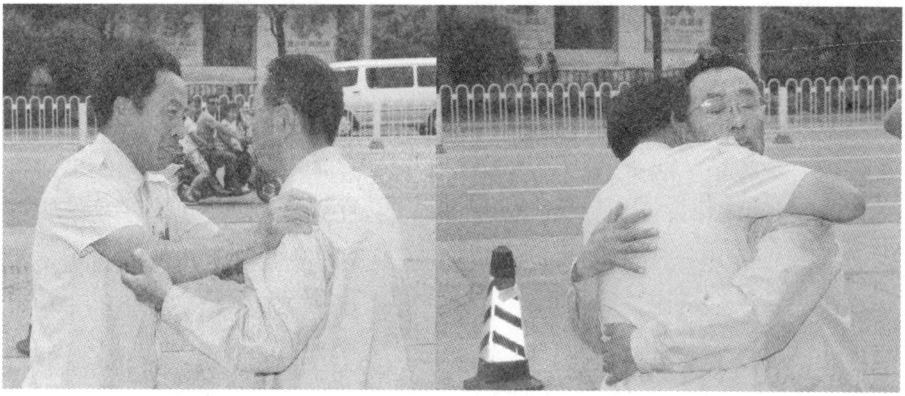

郭明义与老连长重聚

啊。我对指导员说："当个小猪倌，能有出息吗？""小郭，这就是雷锋同志的'螺丝钉'精神啊！不论是开汽车、做饭还是喂猪，都是一样的重要啊，缺了哪一样都不行，这就是岗位和职责，都是为革命工作的，你明白吗？"指导员语重心长地说。我没有接话。指导员接着说："现在，养猪是一种需要，因为国家经济还没发展起来，部队的条件也不好，能否改善战士们的伙食，可都要靠我们自己发展农副业生产啊，你说这养猪重要不重要，猪要是养不好，战士们可都吃不着肉了！"

听了指导员一番入情入理的话后，我的心里敞亮多了。从那天起，我又恢复了自己的干劲，一门心思喂起了猪。我起早打扫猪舍，仔细清理粪便，将猪舍打扫得干干净净。我还经常到附近割青草喂猪。有一次，母猪生仔，我怕生下的小猪仔被压，就不睡觉地整夜看护，半夜还给母猪熬了高粱米粥喝。

编辑补记：

他当猪倌的那一年，连队的猪长得又大又肥。看着他对工作重新燃起了激情，指导员马玉良打心里高兴。郭明义没有让他失望，他不仅认真地喂猪，还抽空就到炊事班帮厨，洗菜、烧火、扒煤灰，他每一样都做得特别顺手，从来没有一丝不情愿！

6 | 在宣传员岗位上

随着时间的推移，当一批批新兵走进军营后，我不再是一名新兵了，我成了别人眼中的老兵。在部队里，有一项不成文的规定，那就是新兵要为老兵服务。可是我却成了人们眼中的另类，我不光服务老兵，还服务新兵。在我的眼中，老兵和新兵没有区别，都是兵，都是我的亲人，我为老兵洗衣服、打水，也为新兵做同样的事情。在当时，部队里的被子都要战士们自己做、自己洗，我看到许多新兵都不会做被子，就主动帮他们做好。可能许多人觉得我非常傻气，可是我却做得十分热情、高兴。

那时，我被推选为连队的宣传员，负责连队的板报。我把每一名战士的好人好事都写在了板报上，大家却说，我唯独没有提过自己做的好事。我没有提过自己为炊事班挑水、烧火，没有提过为新兵做被子、洗被子，更没有提过主动跑去帮助驾车的战友修理抛了锚的汽车……其实这些事在我眼里是不值一提的小事，所以没有提。

1979年的一天，我刚刚做完体能训练一身是汗地跑了回来，没顾得上擦拭鬓角上的汗珠，习惯性地拧开了排里广播的旋钮开关，开始一边擦汗一边收听新闻。突然间，我擦汗的手停住了，我从广播中听到了云南某地发生大地震的消息。我是鞍山人，所以知道地震会给人们的生活带来多么严重的伤害。因为1975年，在海城，也发生了同样的事情。我沉浸在那可怕的回忆中。我仿佛又看到了倒塌的房屋，被埋在废墟下面苦苦等待生机或者已经失去了生命的人，我似乎看到了幸存者眼里失落的光芒，那些因逝去的生命造成的永别，成为人们永远无法割舍的痛楚，无法忘记，却不敢想起。我没有再擦鬓角上的汗，而是起身去翻找自己领到的津贴，那些舍不得花一直存放在箱底的钱！

好不容易熬到了星期天，我向连队请假后，就急匆匆地跑了出去。连队里的战友纳闷说，从来都只见你在连队里忙得热火朝天的，不是帮这个，就是帮那个，没见过郭明义出部队大院的门儿啊，今天怎么风风火火地出去了！当晚上我回来，大家问起我时，我什么也没说。

日子一如既往地过，我一如既往地忙碌于自己的活和别人的活，没有一丝改变。大家也渐渐地淡忘了我那一次的“反常”。而我自己，更是将其抛在了脑后，一心一意地在板报上表扬着自己的战友。可是，事情并没有真的就此尘封，一个月后的某个早晨，正在进行驾驶训练的我被汽车连队的指导员马玉良叫下了车，他问：“小郭，你是不是前一阵子向云南灾区捐钱了？”我冷不防一怔，心里纳闷不已，这事谁也没说，指导员怎么会知道呢？可是看着指导员笃定的目光，我只好点点头，说：“捐了。”

指导员一拍我的肩膀，说：“这大好事怎么也不听你说一声呢？要不是云南省政府给师里寄来了感谢信，感谢你对云南灾区人民群众的热情捐助，你是不是打算瞒到退伍啊！”我挠挠头，笑了笑不说话。指导员一看我那个表情就知道自己猜对了，忍不住又拍了拍我的肩膀，说：“好样的，有你这样的兵，是咱们连的光荣，你那个星期请假就是去邮局寄钱了吧！”我只好老实交待：“是。”

编辑补记：

指导员知道，邮局离他们那里有十多公里，郭明义肯定是自个儿跑去的。指导员知道他捐了100元钱，这笔钱放在现在也许不算多，但那时几乎是他一年多的津贴。想到这里，指导员不禁又认真地看了看这个不起眼的小伙子，想知道在那个身体里蕴藏着多少“雷锋的潜质”！

7 | 终于开上了车，我做好事的圈子更大了

当兵后期，我经过长期的刻苦钻研，练就了一身过硬的汽车技术。我不仅能做到“一提能发动、一脚能制动、一人能推动”，更是独自一人就能完成整车的拆装维修。加上我的表现突出，上级经常派我出车为其他单位服务。终于开上车的我，心里甭提有多高兴了。我感觉自己身上有使不完的劲儿和烧不完的热情，所以服务态度就越发周到，义务的劳动也越来

越多。每次出车回来，用车单位在我的鉴定书里都有很高的评价。后来我出车的次数多了，连队的领导看到我的鉴定表上写的评价都非常好，派我去执行任务越来越放心了。

每次为部队或地方运送物资时，我既当驾驶员，又忙前忙后地充当装卸工。那时候，连队里还没有洗澡的地方。驾驶员由于工作需要，常常因出车而错过了后勤集体洗澡的时间。冬天还好熬，可到了夏天，出了一天车的战士们都是满身的汗水，不洗澡的话，根本就睡不好觉。看着出车回来的战友，因为没办法洗澡而满身黏腻地上床睡觉，我的心里很不舒服。所以，每到夏天，我就会一大早起来把连队院中各班的大水缸打满水，经过一天的暴晒后，水就会变成温热。到了晚上，出车的战友回来时，就可以美美地冲一个温水澡了。出车的战友也都很高兴。除了帮出车的战友打洗澡水外，我还帮他们做被子、洗衣服，总之，只要是他们日常需要做的活，而他们又因为出车而没有时间做的，我都乐意替他们做。出完车的战友回来后，常常会惊奇地发现自己泡在盆子里的脏衣服已经洗好了，自己的被子也被拆洗晾晒了……一开始，大家都不知道是谁做的，我也从不吭声，但时间一长，大家还是从细枝末节里发现了真相，都是血性男儿，大家不习惯嘴里说些太感性的话，但是心里，却记下了这一份情。

有一次大家都在连队的菜地里干活时，有一位机关干部的家属临产急需送209医院，连队派我出车。我怕临产妇吹着风对身体不好，所以一路上车窗都没有开。那是盛夏时节，开着窗还让人热得受不了，何况是把窗关得严丝合缝的，一个多小时后，当车开到209医院时，我的衣服都湿透了，整个人就像是刚洗了澡似的。领导知道后还特意打电话表扬了我。

后来，我又在连队里开水车，保障各连队的用水。我非常重视这样一个能服务更多人的工作，暗下决心一定要每天按时保障用水。给其他连队运送给养时，我从不在其他连队里吃饭，所以我保障的连队经常打电话表扬我。我觉得这些表扬是对我最大的肯定。我觉得只有自己更加卖力地服务，才能无愧于这些表扬！

编辑补记：

在连队待的时间长了，战友们慢慢地了解了郭明义。他就属于那种自己分内的事情铆足了劲做的人，既要求速度还保证质量。人人都觉得他在赶时间，他也确实在赶时间，他把挤出来的时间都用在帮大家打水、洗衣服、修车、扫地，还有站哨上。郭明义常常主动帮助身体不舒服的战友站哨。有时大家看到本没有轮到站哨的郭明义站在那里时，都习惯地跟他打招呼道："今天又替谁站哨呢？"他也只是笑笑。战友们从心里佩服他的雷锋精神，也实实在在地喜欢这个无私助人的战友！

8 | 我冻坏了一只耳朵

那是发生在1979年冬天，我承担部队战备机动任务期间的事儿。那一天，气温在零下40摄氏度，我独自驾车运送物资。

因为是冬天，路面时不时会遇到结冰的地方，所以我的车开得很小心。途中，我看见一位战友将驾驶的车停在路边，自个儿正站在车旁边干着急。我就在心里琢磨，战友的车是不是出了什么故障，要不为什么停在这里。想到这里，就从车里跳出来，问战友是不是遇到什么困难了，为什么要冒着严寒等在这里。战友并不认识我，但看我穿着一身军装，知道我是部队里的人，便对我说是车的横拉杆脱落了，自己不会修，正在这发愁。我听后说，你不要急，这个横拉杆脱落我会修，我这就帮你修。说完我立马走回自己的汽车，拿出扳子和螺丝刀等工具，就朝战友的车走去。要修理横拉杆就要躺到车子底下去，那位战友看着厚厚的冰雪，就说要不要把衣服脱下来供我修车时垫着。毕竟这么冷的天，谁都不愿意躺到地面上，何况冬天的棉衣都不好洗，在地上躺一圈，衣服铁定得洗。其实我根本没将厚厚的冰雪放在眼里，直接就躺下开始修理汽车横拉杆。修理过程中，我嫌帽子挡住了视线，便一把将帽子脱了。视线是清晰了，可是寒风却呼地一下就刮了过来，刀子一样的利，疼得我咬紧了牙。

一分钟过去了、两分钟过去了……我冻得浑身发抖，抢修了近40分钟，才将汽车给修好。那个时候我已经浑身僵硬，瘫倒在了冰雪地上。战友看到这个情况后，急得不行，连忙把我从车底下拉出来，并不停地给我搓冻僵的手、脸等部位。可是我还是不停地发抖，搓了半天，我才缓过来。战友看到我缓过来了，十分高兴，忙问我有没有哪里不舒服，我试着活动了一下胳膊和腿，没有什么不对劲，就是觉得自己的耳朵疼得厉害，可是看着战友关切、着急的目光，我赶紧说："没事没事！"

战友想让我休息一会儿，可是我记挂着自己的任务，修好战友的车后就向自己的车走去。

编辑补记：

战友看他走得很慢，知道他的身体估计还没有完全恢复过来，想着他奋不顾身地修车的景象，眼里都有点湿湿的。回到部队的郭明义，身体暖过来了，可是耳朵还是疼，他想着至多也就是冻坏了，也没放在心上。过了没多久，他发现，一直疼的那只耳朵，听起声音来总是模模糊糊。到现在，听力还是没有恢复。

9 ｜ 我把自己的棉衣往车轮底下塞

有一年的冬天，也是天寒地冻，地上积雪很厚，我执行完运送物资的任务后，就开着车子往回赶。由于保障出色，我保障的那个连队的连长特意打电话给汽车连表扬了我，说实话当时心情特别好，开着车也觉得比往常要轻松。时不时地，还会哼上一两句《团结就是力量》，心里感觉美滋滋的。不过，我并没有被这种喜悦冲昏了头。压下心里的雀跃，记起自己的责任，开始认真地开车。快到营区时，我发现连队里的一辆车停在马路边上，脑子里的第一反应就是，肯定是出故障了，否则不会把车停在离营区这么近的地方。于是我小心地将车停在了那辆车的后面，下车去询问战友是否有需要帮忙的地方。

战友用手指了指车前轮的部位，顺着他手指的地方，我看到了深深陷入雪地里的前车轮。海林县的冬天，地面上是雪，雪下面是冰，滑得没有借力的地方，难怪车轮陷在里面出不来。我看着着急却又想不出办法的战友，我说：“不要担心，大家一齐想办法，一定能把车轮弄出来的！”四下里望了望，周围一片光秃秃的，找不到可以垫在车轮下面的东西。本来还想再走远一点找找看，可是又怕耽误了战友的工作，最后眼睛一瞄，看到自己身上的棉大衣。我把心一横，就将棉衣脱了下来往车轮子底下塞。战友明白过来后，上前去夺棉衣，边夺边说：“这怎么使得，你把棉衣脱了，会冻坏的！”

“没事儿，马上就到营队了，冻不着的！”我一边说一边将棉衣又夺了回来，然后飞快地塞到车轮底下，回头对战友说：“快上车，我帮你推着，看车轮能不能拔出来！”战友可能也怕我冻出病来，也没心跟我说啥，赶紧爬上驾驶室去开车。

我在刺骨的寒风中给战友打着手势。只听“轰”的一声，汽车终于爬了出来。待捡棉衣时，才看见棉衣已经被碾得支离破碎了。看着战友好像过意不去的样子，我赶忙摆摆手，安慰战友说：“没事儿，别难过，快去执行任务吧！不要把工作给耽误了！”说完，就钻进自己的驾驶室，开着车回营队了。

我的那件棉大衣是彻底不能要了，但是我却一点儿也没有放在心上。倒不是我不懂得珍惜衣服，而是只要连队有需要、部队有需要，我就要冲在最前方，把自己能给予的东西都奉献出去。

编辑补记：

有人理解他，有人感谢他，可是也有人不明白他，觉得他在“表现自己”，在为成为党员积蓄资本……这种种猜测，郭明义从来没有放在心上，他坦坦荡荡地做人，坦坦荡荡地做事，不为功利不求名声，只是在尽自己的能力去做一名合格的战士，做雷锋式的战士！

10 | 我入党了，可是却成了别人眼中的“抠门儿”

1980年，对我来说是激动和难忘的一年。鉴于我的优秀表现，上级领导决定将我发展为中国共产党预备党员。这让一心向党靠拢的我心潮澎湃，久久无法平静。

其实，自从我来到部队后，就曾多次向党组织递交入党申请书。但是每次发展的预备党员中都没有我的名字，指导员马玉良语重心长地对我说：“你是个好同志，你向党靠拢的急切心情我们也都能理解，你的努力，党组织也都看在眼里。但是你离一个党员的标准，还是有一定的距离的。所以你要进一步提高自己的思想觉悟。另外你的文化不高，要注意多读书，多学习，提高政治理论素养。”听过指导员的话，我更加努力地从各方面去完善自己。功夫不负有心人，6月的一天，老排长李德林对我说：“告诉你一个好消息！你被连队党支部发展为中国共产党预备党员了！”

老排长的消息太突然，我一时有点反应不过来。几秒钟过去后，反应过来的我高兴得一下子跳了起来。老排长也被我的高兴劲儿给感染了，乐呵呵地看着我说：“入党了，你可一定要更加努力啊，不能像有的同志，入党前积极表现，入党后就不积极了！”我点点头说：“我一定不让党组织和连队领导失望！”

老排长欣慰地笑了笑，说：“我相信你，我愿意当你的入党介绍人，也会随时监督你的，加把劲啊，小伙子！”

回去后，我在日记中这样写道：梦寐以求的愿望终于能够实现了，我被光荣地批准为中国共产党预备党员。我流泪了，虽然说男儿有泪不轻弹，可是我还是忍不住地哭了，我要终身为党的事业奋斗，以回报党和领导对我的培养和信任！

从那时起，我就时刻牢记自己预备党员的身份，以一名党员的标准来严格要求自己，维护党的利益。正因为我以党和连队的利益为先，坚持原则，战友们私下里都善意地称我为“抠门儿”。

我的确很抠。一双袜子补了好几次也舍不得扔。每个月的津贴都舍不得花，除了买必需用品外，剩下的都攒了起来。入伍头两年攒下的津贴我急匆匆地寄到了云南灾区。但这并不完全是大伙称我“抠门儿”的原因吧。

有一次，领导让我出车去拉水泥。拉完水泥后，我照例帮战友们卸水泥，可是当大伙都走了以后，我发现了一个问题：车上还有许多零散的水泥，是装卸的过程中漏下来的，为了不让这些水泥白白浪费掉，我就用扫帚把车里散着的水泥扫在一起，然后用一个编织袋装起来。有的战友劝我不要扫了，那点水泥装起来也派不上用场。可是我不这样认为，我坚信积少成多，虽然每次都很少，但一天十多趟跑下来，就能扫出好几十斤呢！我每天都把收集起来的散水泥交给连队。几天后，大伙都知道我攒了好几袋水泥了。一名机关干部找到我说：“我家的水泥地坏了，我现在没时间出去买，你能不能先送我一袋水泥？”我回绝得很干脆，说：“这是公家的东西，我不能给你！”机关干部说：“我知道是公家的，这不是有急用吗，再说，这些水泥如果不是你扫的话，也早就浪费掉了，送我一袋吧！”

我不答应。机关干部生气地说：“你怎么这么抠门儿呢？”随后还打电话给我的指导员，要求批评我。

编辑补记：

这就是郭明义“抠门儿”外号的真正由来，但是得知真相的指导员不但没有批评他，反而表扬了郭明义。而得到指导员支持的郭明义则是越来越“抠”了！但是大家越来越佩服他，也不再做违反他“抠门儿”原则的事情来为难他了！

11 | 我无缘当志愿兵

因为我在部队的表现非常突出，勤奋学习，工作积极，云南受灾，跑去捐津贴，师里有战友受伤需要血源，我第一个报名参加。这些事情都没能瞒住人，所以连队里的领导都喜欢我这个兵，对我的评价都非常高。当兵五年，我五次获嘉奖，曾被所在师评为“优秀共青团员”和“学雷锋标兵”等。

1981年6月20日，在鲜红的党旗下，我庄重地举起自己的右手，双眼含泪，郑重宣誓。从此，我成为一名光荣的中国共产党党员。那时候部队的义务兵兵役制不是两年，而是五年，1982年1月，是我服役五年期满的日子，也是决定我是去是留的一年。党的信任，领导的评价，都让我觉得自己有希望能够转成志愿兵。

谁料想，事实总不爱跟着感觉走。在离义务兵复员还有一段时间的时候，汽车连连长蔺传芳向我传达了党支部的决定。他说：“小郭，你是个好同志，党组织对你的评价很高，我个人也非常喜欢你这个兵，可是咱们连队的转志愿兵的名额只有一个，连队党支部经过慎重考虑，只好忍痛割爱，让你退出现役，复员回家！希望你能理解和正确看待党支部的决定！”说实话，我舍不得离开连队，舍不得离开战友们，更舍不得离开指导员和关心我的领导……可是我也知道连队的难处，我不想让这些关心我、爱护我的领导们为难，所以我冷静而坚定地说：“请连长放心，我坚决服从组织的安排。回到地方，也会像现在一样，爱岗敬业，全心全意为人民服务！”

连长蔺传芳欣慰地说：“你能这样想，我就放心了！我相信，不论在什么岗位，你都一定会做得非常出色的！”

得知自己无法转成志愿兵、马上就要离开待了五年的部队，我更加珍惜这最后的军营生活。每天天不亮就起床，冒着严寒为连队的炊事班挑水。挑满水缸后，我就去砍柴、生炉子、烧水，我不想浪费在连队里的一分一秒，我想用劳动把记忆填得满满的，好为自己的军旅生涯画上一个圆满的句号。

一转眼，正式复员的日子到了，临行的前一天夜里，连长蔺传芳又特意找我谈了一次话。

蔺传芳语重心长地说：“小郭，你是认真学习过雷锋精神的人，在部队上，你奉行‘螺丝钉’精神，我希望你复员后仍能坚持固守这种精神，不管拧到哪里，都能起到相应的作用。你是党员，又是咱们连的学雷锋标兵，回到地方后一定不要给部队丢脸啊！”

听了连长的话，我的心里酸酸的、暖暖的，我点点头，在心里默默地对自己说：退伍后，一定像在部队一样要求自己。

编辑补记：

就这样，郭明义离开了服役五年的军营，离开了自己的指导员和战友，离开了炊事班和驾驶室，离开了他所熟悉的一切一切，回到鞍山。可是他没有辜负部队领导对他的期望，他用实际行动证明：脱下绿军装，他仍是一个兵！

二 平凡的日子

1962年4月7日，雷锋在日记中写道："一个人的作用对于革命事业来说，就如一架机器上的一颗螺丝钉。机器由于有许许多多螺丝钉的连结和固定，才成了一个坚实的整体，才能运转自如，发挥它巨大的工作能力，螺丝钉虽小，其作用是不可估量的，我愿永远做一个螺丝钉。"

雷锋写完这段话之后的20年，我从军队复员回到了企业，开始了我人生的"螺丝钉"之旅。

转眼30个年头过去，我敢问心无愧地说，我无愧于雷锋的"螺丝钉精神"，无愧于我的单位，无愧于我的内心，无愧于共产党员的称号。

12 | 当翻译时，我征服了外方友人

从1993年起，我担任了电动轮组装的英文翻译。我对待工作是认真、热诚的，在当时的所有担任翻译的同事中，我总是每天第一个到、最后一个走。我对待外方友人热情但不卑不亢，如果外方友人有需要帮忙的地方，我也会像帮助自己身边的人一样帮助他们，但我所做的一切都无关国籍、无关金钱……就这样，我成了外方友人眼中尊敬的翻译。

后来，和我接触时间长的外方友人发现，我的英语水平丝毫不比那些专业的翻译差。当外方友人从矿上的同事口中得知我的英语全靠自学时，更是对我大为佩服。有一次，在和外方友人沟通时，由于对话中的专业术语太多，身边的几个翻译在翻译时都觉得难度很大，翻译得也磕磕绊绊、语句不大通顺，身边的工友更是听得云里雾里的。外方友人看见后在一边急得连说带比画，可是双方还是无法顺畅地沟通。正在这时，外出办事的我回来了，外方友人一看见我，就跟看到救星似的，忙走过去把我叫住，噼里啪啦就是一顿英文。我听完后，十分熟练地用英语回答了他的问话，这下子外方友人终于笑了，还对我竖起了大拇指。我快步地走到工友面前，将外方友人说的话告诉了工友们。下班后，有工友私下里对我说："郭明义，你今天真厉害，那几个专业翻译都没有翻译出来的话，你却能在听完后立马答复外方友人。你没有看见那几个翻译的脸色都变了。""哦，这个啊，我没有注意。其实今天外方友人说的内容里边确实有太多专业名词，的确挺不好理解的。"我笑了笑，不打算继续这个

和外方友人在一起

话题，我想再去把今天的工作检查一遍。可是这位工友明显不打算就这样放我走，他拉住我的胳膊，一副打破沙锅问到底的架势，问我："既然这么不好理解，那你是怎么就能翻译出来，难不成你有什么窍门儿？""呵呵，英语这种东西哪里有什么窍门，全都要靠自己去背。当初被调来这里做翻译时，我怕自己达不到专业水平的要求，就把咱们需要用到的专业名词全部抄了下来，每天背、每天背，背得熟练了，自然能在第一时间反应过来了！"我笑着说。工友张了张嘴，没有再说什么。

经过了这件事，外方友人更加佩服我的工作能力。加之接触的时间一长，多数外方友人都接受过我的照顾和帮助，所以心里也很感谢我。为此，常有外方友人悄悄向我塞小费的情况，对于当时工资仅二百多元的我来说，几美元甚至是十几美元的小费，可以算是一笔不小的收入，可是我从来没有接受过。我总是对外方友人说，我们中国不兴这个。我的语言委婉，态度却异常坚决。外方友人只好作罢。

1996年，鞍钢的经营临时出现了资金困难，工人们好几个月都没能领到工资。外方友人打心眼里想帮助我，于是他们商量着就凑了一笔为数不算太多的钱，希望我能接受他们这些"小数目"的钱。可是这一次，我仍然婉言谢绝。

编辑补记：

外方友人们看着郭明义明明几个月没有收入，却仍然不愿接受自己的帮助，想着他工作时的热情敬业、帮助自己时的不卑不亢，他们觉得自己被这个看似不起眼、却散发着人格魅力的中国人彻底征服了！但这一次，他们是心甘情愿被征服的！

13 | 心怀感恩，我放弃了更好的工作机会

一段时期以来，我心里十分舒畅，总是情不自禁地哼着小曲儿，为什

么？因为我能感觉出来，那些外方友人看我的目光越来越尊重了，这让我心里十分受用，不为别的，就觉得自己的所作所为没有丢中国人的脸，没有给鞍钢抹黑。虽然没有接受外方友人的好心帮助，我这几个月的日子确实过得紧巴巴的，因为我不光要顾及自己一家老小的生活，还有好几个正在资助的学生。没有钱，不仅意味着我一家人的生活面临威胁，还意味着我可能无法凑齐被资助的孩子们的生活费。可是我有自己的原则，外方友人的钱，无论如何也不能要。

就这样，凭借着一股子的耐劲儿，我更加省吃俭用，硬是挺了过来，期间还一如既往地给资助的孩子们邮钱，虽然比平时的要少一点，但是我认为只要坚持邮，那么给孩子带去的不仅仅是生活费，更是一种支持一种力量。这里面还有爱人和女儿的功劳，要不是爱人和女儿的理解和支持，我一定早就狼狈不堪了！

岁月如梭，转眼几年的时光匆匆过去，我日复一日地做着我的翻译工作。我没有因为在一个岗位上工作时间久了，就渐渐失去了热情，反而更加兢兢业业，越熟悉的事情越容易出错，所以必须更加仔细、认真才行。我当时并不知道，就在我工作兢兢业业时，有一双眼睛一直在暗处观察着我。那双眼睛期盼我能因为长期处于同一岗位而变得激情不再，同样也期盼我能坚持自己的原则，对工作能热忱到底。看似很矛盾的想法，实则不然，它要找到真正敬业爱岗的人才，而非有始无终、半途而废的人。这双眼睛的主人是美国犹格里德公司澳大利亚售后技术服务部的中国区总管。

该总管通过在现场对我长时间地观察和了解，对我的敬业精神、业务能力及人品很是认同，他觉得我就是他要找的那种人才。于是他暗中找到我，想劝我到自己所在的中国区工作。我一听，在心里想：哦，他想来挖鞍钢的墙脚啊。想完后不禁又对自己的想法感到不好意思，在我看来，自己又不是什么人才，还谈不上挖墙脚。也许在别人眼中，我是一颗散发着柔和光芒的金子，不够耀眼却有足够的热量，能经久不息地散发出暖人的温度。该总管还承诺只要我愿意去，一定会给我相当于现在工资七倍左右的酬劳。可是我毫不犹豫地拒绝了。

该总管有点不可思议，因为当时和我一起参加培训的三名翻译，早已经远走高飞，去挣高工资了，只有我一人待在这里挣着一个月几百元钱的工资。他以为我是因为没有更好的选择，所以才没走；他觉得，刚刚经历了几个月没发工资的情况的我，应该会认真考虑他的提议。可是我告诉他，我上党校、进修，都是鞍钢给我掏的钱，鞍钢培养了我，我要懂得感恩，所以我不能走、也不会走。虽然现在企业有时会遇到困难，但是我对它有信心，我相信我的企业会发展得越来越好！

编辑补记：

听了他的话，该总管虽然有些失望，但更多的，是对郭明义这个人品格的钦佩。他尊重了郭明义的选择，从此再没提过让郭明义跳槽的事。

14 | 一块手表和十万美元

和我合作了三年的外方友人要回国了。下班的时候，他们找到我，一定要送我一块手表。我推托说自己已经有手表了，不需要。可外方人员说：这个是我们的一点心意，合作三年来你对我们照顾颇多，可是我们却从来没有回报过你什么，送你钱你也不收，现在，我们要回去了，你就留下这表当个纪念吧！

外方友人言辞恳切、感情真挚，而且三年来的点点滴滴都在我的脑海里回放，我一时说不出拒绝的话。外方友人看我沉默了，急忙将自己准备好的礼物塞给了我。

回家的路上，我觉得自己手里小小的礼盒似有千斤重。晚上躺在床上，我翻来覆去地睡不着。我想，自己是一个共产党员，怎么能做这样的事呢。于是，我决定明天就将这块手表交给矿纪委。第二天一早，我就来到矿纪委，把外方友人送给自己的纪念品上交了。矿纪委的领导当时看见这块手表后，就问我说："小郭，你知道这块表值多少钱吗？""知道吧，听说是一千多块吧！”我不太在意地说。“这个是人家私下送你的礼物，是他们的一片心意，你真的要上交？”领导问。“对！当时的情况我说不出来拒绝的话，可是我不能收他们的东西。”我态度坚定地说。矿纪委的领导对我的做法非常赞同，拍着我的肩膀说：“不愧是我们鞍钢的好同志！”

后来，有工友听说这件事后，就对我打趣道：“郭明义，你好有魄力呀，那么贵的手表你都上交了！”“不就是一块手表吗？没有什么大不了的！”我说。“虽然是一块手表，可是它一千多块钱呢，你一个月工资才多少啊！就算你不喜欢手表，你可以拿去卖掉嘛，上交了可就什么都没有了！”工友继续“开导”着我。这回，我连话也不接了，只是摇头，然后摆摆手去检查工作去了。

我不想在这些问题上纠缠不清，我有自己做事的原则。也许在别人眼里，我的做法带着傻气，可是我觉得只有这么做才能无愧于自己的良心，这就够了。就像后来我检查出进口备件中有5台电动转轮存在质量问题时，我找齐证据并拍下了照片，然后拿着这些去找外方友人理论。有人觉得我在多管闲事，因为进口备件的质量检验不归我管；有人觉得我缺少人情味，因为外方友人曾送过我上千块钱的手表，可我却丝毫不顾及情面去找人家理论……但是这些，我都没有放在心上。我的心里只有国家的利益，企业的利益，那些个人的利益早就被我忽略了。

最后，就因为我的极端负责，使公司争取到了外方近十万美元的赔偿。企业领导表扬我，原本不理解我的工友看到我为企业追回了这么多的赔偿，也开始认同我的做法。

编辑补记：

其实郭明义完全没将这些放在心上，他觉得这都是一个共产党员应该做的，是他的本分，做不到，他的心就不安！

15 | 当统计员，我敢于挑战“权威”

我知道，我有些“一根筋”，认准的事情就一定会去做，而且要尽全力做到最好！

有一年，我被调到齐矿机修车间做人事员和统计员。这种工作做起来并不难，但要做好，做得大家都认同你，就不那么容易了。因为这项工作看似有权力，实际上却是一个容易得罪人的差事。如果有人违反了车间纪律，你不记吧，就是没尽到职责；记下吧，都是一个车间里的，大家低头不见抬头见，怎么看都有点不近人情的意思。所以，历任的统计员都会很巧妙地把握一个尺度，以期能既不得罪人，又能做好自己的本职工作。可是我不这样想，工作就是工作，必须按照车间的纪律来办事儿，哪有那么多尺度要把握。

我就抱着这样的想法上任了。自从我当上这个人事员和统计员之后，工友们发现，情况似乎发生了变化。那个巧妙的尺度不存在了。这大大出乎了人们意料。忽然之间的转变让大家一时都无法适应失去了尺度的行事作风。另外，我的处事风格大大出乎了大家的意料。在工友们的印象中，郭明义是个很好说话的主儿，不论你和他商量什么事儿：让他替你也好，让他用新衣服、新鞋子换

1982年，郭明义（左）从部队转业到齐大山铁矿，成为一名大型汽车司机。第二年，郭明义当上了车间团支部书记，他带领三台青年文明号大型汽车提前十六天完成全年生产计划

你的旧衣服、旧鞋子也好，他都会毫不犹豫答应。即使是面对不怀好意的刁难，他也会淡然处之、一笑而过。所以当听到我担任车间的人事员和统计员时，都长舒了一口气，想着郭明义那么好说话，以后一定不会被记过和扣分的。可是，当了人事员和统计员的我，虽然一如既往地帮大伙儿的忙，如大家换衣服、换鞋子，可是却变得“计较”起来。

大家发现，如果有人早上迟到，哪怕是一两分钟，我也会毫不犹豫地记下来。一开始，迟到的工友们以为我是“新官上任三把火”，想立威呢。于是就好声好气地求我不要记。旁边有关系好的工友也会私下里劝我不要这么较真。要“把握尺度”才能“愉快工作”。我不解地问，什么叫“愉快工作”？好心的工友会悄悄地告诉我说，如果你一心要把他们记下来，他们心里肯定不痛快，难免要给你脸色看，还不配合你的工作，你说这是何苦呢？我一听，隐藏的那股倔劲儿就上来了。我在心里跟自己说，自己是照车间纪律制度办事的，没有错。而且，既然自己站在这个岗位上了，就一定要干好，一定不能让工友们违反车间的制度。就这样，我十分干脆而且坚决地将迟到工友的名字记了下来。弄得迟到的那几个工友心里十分不舒服，以为我是针对他们呢。可是，几天过去了，一个月过去了，他们发现，我对任何一个工友都能一视同仁，对任何人都不偏不向，只要你违反了车间的纪律，不论平时关系多么铁，我都会毫不犹豫地记下来。时间一长，人们在心里恼我的时候，也慢慢认同我对工作的认真。

有个工友说，工作时的郭明义不仅仅有点“亲疏不分”，还敢于挑战“权威”。

有一回，我正在检查纪律，看到一名车间领导利用上班的时间在办公室睡觉。我走过去说：“这都几点了，你还在睡觉？快起来，我把你的名字记下来了！”事后，我果真把这次纪律检查的情况贴在了车间的大门口。工友们看我连领导也敢公开批评，不禁佩服我的勇气。有和我关系好的工友，还私下里给我交代：“你怎么那么傻啊，连领导也记，你不想好好工作了？你就不怕领导给你使绊子，到时候影响你升迁怎么办？”我笑着摇摇头说：“不妨事的，领导才不会那么小心眼！我这都是为工作着想嘛，又不是单盯着他一个人。”

还有一次，我发现又有个别工友在车间里打瞌睡，我就把那几个人的名字记下来。那几名工友一看自己的名字被记上了，心里多少有点不痛快。有一名工友不服气地嘀咕说：“我们睡一会儿你就记上了，那领导老婆早退怎么不见你记呢？”我听了后，有点愣怔住了说：“这个事，我不太清楚，但你们放心，我现在就去问，如果情况属实，我一定会按制度办事的！”第二天，我就去核实了一下情况，然后，将那名早退的领导老婆的名字也贴在了车间的大门口。

经过这两件事，大家慢慢地了解了我的良苦用心。我将企业的利益看得高于一切。工作时，我不在乎领导的面子，不在乎自己的“升迁之路”是否受到影响，不在乎相伴左右的工友对我是否心存不满……从头至尾，我在乎的都只是企业的利益而已，只是自己能否胜任这个工作，能否做好自己的本职。功夫不负有心人，我的认真负责和敢于负责，对违反劳动纪律的人一视同仁的做法，赢得了车间工友们的信任。他们不再抱怨我不近人情，不再给我“脸色”看。他们开始懂得和理解我的用心，也尊重我的尽责。于是，到后来，人们发现我所在的车间，工友们都能自觉地遵守车间的劳动纪律，没有迟到、没有早退、没有利用工作时间睡觉的，也没有领导、更没有领导夫人，有的只是大家齐心协力奋战在同一条工作战线。我们互相理解，互相督促，凝结成一股，我们的目标只有一个，那就是，为企业的利益，奋斗吧！

编辑补记：

“顾面子、给面子”、唯上是从，这些或者好听或者明显是错误的生活观念和工作作风，其实千百年来，一点点消解着中国人的公平正义、整体素质。再好的制度都需要具体的人去实施和履行，也许，只有郭明义这样的人多起来，所谓规章制度，所谓法治原则，才能真正落到实处。

16 | 工作期间，我只认原则，不认人

人们会说，郭明义是一个热情的人，不管谁遇到困难，他都会主动跑去帮忙。他也是个“好人缘”的人，不论你跟他提什么私人要求，他都会尽量满足你。我只能说，这样的说法只对了一半，同时，我也是个认死理的人，如果你违反了我心目中的原则，那么，即使再容易办到的事儿，我也不会抬抬手的。

那时，我担任了采场公路的管理员。于是，我就有了调动采场所有大型工程机具的权力。手中有了权，难免就有人打我主意。那是刚开始接任管理员时发生的事。一些在采场承包小工程的私营老板，想让我提供一些“帮助”，好让自己可以免费使用矿上的机械。为了能达到目的，还特意想送给我一些现金、手机之类的东西作为谢礼。那些想送礼的私营老板们却见识到了我的认死理。我认的这个“死理”就是，你做的事情若是对企业有益处，那么不用求，我也会赶着去做，而且热情还特高；但若是打着假公济私的主意，那么，我就立马变成了那个“倔犟”、“不通人情”的人了。私营老板们见我对自己手上的“谢礼”毫不动心，不死心地转为哀兵政策。他们对我说：“郭师傅，这就是您一句话的事儿，而且企业也没有多大损失啊，我们这不连‘谢礼’都给您准备好了，总不能再拿回去吧！您就行个方便吧！”“不行，我是有权力调动采场的大型机具，但这权力是企业给的，是为了企业的发展而给的，那么我就必须为企业的利益着想，不能私自让你们用矿上的机械，这个方便我不能给，也不会给！”我

郭明义十三年如一日工作在公路管理员艰苦岗位上，为企业奉献一片赤诚

的回答是坚决的。私营老板们觉得脸上有点挂不住了，但是又不甘心。可能想着眼下没有希望了，就想着打“长期战”，一时无法说服郭明义不要紧，只要把礼送出去，时间长了混熟了还怕他不同意吗？私营老板心里的小算盘想必打得噼里啪啦响。可我的主意很坚定，那就是以不变应万变。不论你出什么招，我就一个不收礼、不帮你办事顶着，看你能有多少招数可使。有知道内情的工友们就劝我说：“你为矿上好，大家都知道。但是也不要固执了，你给他们点好处，不仅自己可以赚些外快，稍微改善一下生活，而且也能跟那些老板们拉拉关系，兴许什么时候能帮得上忙呢！”我当时就急了：“我要是拿了他们一分钱，我就对不起企业，对不起我这个共产党员的身份，以后我这腰杆还能挺得直吗？”

我不光对这些事情固执倔犟、认死理儿，对工作中达不到要求的事情也紧抓不放。如果你没有达到我的要求，那么我就会跟你一直倔犟到底，直到你达到了我的要求，才会“放过你”。

有一回，我正在巡查各电铲铲位的推土机的跟进情况。发现一名老推土机司机在平整电铲作业面时，施工质量没有达到标准，我要他重新施工。可能这名老工人觉得自己资格比较老，而且那个时候是冬天，所以他想等下午暖和点再干活。我不干了。我说：“不行，如果等到下午再调整的话，会影响工程进展的。”老推土机司机非常生气，从设备上走下来与我理论，在气头上的他说要干仗。一旁的工友们都赶忙过来劝我们。

我说：“你可以骂我也可以打我，但是工作质量差是大家都看到的，必须按照标准重新施工。”这名老工人看到我这样较真，没有再说什么，把自己没有达标的工作重新做了一遍，直到达到要求，我才“放”他走。

其实我在内心是很尊重这位老司机的，我们之间不可能结下梁子，这名老司机退休了，我把自己省下的工作服、劳动鞋、雨靴等都送给了他。对他说：“您家在农村住，这些东西以后能用上。”多年后，老司机遇到工友时还经常打听我的情况，并通过工友向我问好。他对别人说，我最后悔的事，就是那次和小郭叫板。本来自己的工作没有做好，但觉得自己资格老，还不服气小郭的批评。本想着小郭估计对我的印象不怎么好了，可人家小郭根本没往心里去，走的时候还送我那么多东西。真是越想越后悔，越后悔就越服气他……

我想说的是，其实人人都有惰性，包括我自己也有，但是在其位我肯定得负其责。这一切都影响不了我对老同志的敬重。他们为企业贡献太多。

还有一次，中午12点多，平整道路施工才结束。可当我经过测量后发现，路面的平整度虽然接近，但是没有达标，我坚决不同意收工，也不给签证。修路作业区的现场负责人对此颇为不满，但知道我就是个较真的主儿，加上也听说了老推土机司机的事儿，只好带领大家返工，直到达标为止。

编辑补记：

虽然工作中郭明义对大伙儿太过严厉，使大伙儿的心里难免有些不舒服，但是工作之余他总会细心替大伙儿考虑，时间一长，大伙儿都明白了郭明义对企业的良苦用心，也就慢慢理解了郭明义。大家不再跟他叫板，如果有不达标的情况，只要郭明义提出来，大家都会认真地去改，直到达标！

17 | 15年风雨无阻，我在齐矿走出了四次“长征”

1996年，企业购进了几台电动轮汽车。但是这种电动轮汽车造价太高，为了养护好这些电动轮汽车，采场公路的标准就要提高。为此，齐矿领导决定配备一名专业技术干部，主管采场的公路设计、建设和管护工作。这个岗位对职工的要求非常高，不仅要能熟练地掌握电动轮汽车的技能，还要有非常的敬业精神。这时，我很幸运被领导们不约而同地想到了。我成了采场公路的管理员。

郭明义敬业爱岗团队成立

齐矿的采场公路直接影响到矿山能否顺利生产。这曲折蜿蜒长达40多公里的采场公路，就相当于矿山生产顺行的“血管”，承担着每年5000多万吨采剥总量、1500多万吨铁矿石的转运和输出任务。一旦采场公路出现阻塞或断裂，不仅会严重影响到矿山的生产，还将给企业带来巨大的经济损失。所以，成为采场公路管理员的我，觉得这是领导和集体对自己的信任。因而就更加尽心尽责地守护着采场公路。

矿上是7点半上班，我每天早上4点多就起床，然后简单洗漱一下，穿上自己的大头工作鞋、戴上红色安全帽、握着对讲机，就出门了，这时候是5点多，然后我就步行去采场。

5点的天，还是昏暗暗的，整个鞍山市都还沉浸在梦乡中。但我并没有感觉到丝毫的孤单和寂寞。有时候，我觉得周围的气氛太过静谧，就会自己给自己唱歌听。

从我家到采场，步行要走40多分钟。到达采场后，天已大亮。我的出现，让整个采场闹了起来。有的人喊我郭师傅，有人喊我老郭，离我远的司机工友们干脆鸣起了汽笛，向我打招呼。我心里很高兴，一一和工友们打招呼。然后就开始安排值夜班的职工，对生产的关键道路进行抢修。8点钟一到，我就集中白班的职工，整修整个采场的道路。

其实，作为管理员的我，大小也算个干部吧。我的主要工作就是采场公路的规划设计、检查验收和管理考核，我有自己的办公室，我的工作是坐在办公室里打个电话就可以完成的。其实可以隔几天到采场去现场考察也行，而且即使到了道路现场，也只需要向现场负责人下达修路计划即可，不用和上百名的公路维修员一起干。可是我不这样想。我觉得，如果不每天来，而且是每天早点来，自己的心里就会不踏实。而且，每天早点来，也能给现场上夜班的职工加加油，让大家争取在交班前多抢点活。另外，我觉得既然来了，就和大家一起干吧，不然，自己在一旁看着他们干，心里也还是不踏实。

有人对我说，你天天来考察是敬业，可是企业又不会多给你一分钱工资，你为什么天天来那么早，到上班时间再来就可以了，这样，你不也算是尽到自己的本分了吗？我说，这样才能保证采场公路的畅通无阻。矿山生产设备耗电量大，为了躲峰限电，矿里生产高峰安排在下午1点到第二天早晨8点。这就意味着采场公路必须赶在每天下午1点前整修完毕。我就想啊，如果每天到上班时间再来的话，巡查道路情况、制订计划以及组织工人整修，就很难保证采场公路的畅通无阻。所以，我就给自己定下了5点上班的规定。

此外，我“私下”里把自己的办公室给换了地方，我抛开自己遮风避雨的室内办公室，跑到采场去，把那里当成了自己的露天办公室。采场里的温度，夏天比外面高出10摄氏度左右，冬天则比外面低5摄氏度左右。但我是快乐的、充实的。就在这种环境下，每天早上提前两个多小时上班，下班后，别人都走了，我还要再磨蹭会儿，将采场的道路再巡查一遍，观测一下道路的平整度和坡度才离开，只有这样才能为第二天一早的道路抢修做准备。为了工作，我把自己的双休日以及假期都给扣除了，每当大家双休日在家休息或是节假日外出游玩时，我依旧坚守在自己的岗位上。检查着采场的公路，一段又一段……

矿里看我走得辛苦，几次想给我配个巡路车，可是我断然拒绝了，我想，只有自己走着考察，才能真正把路采准了。就这样，我从37岁走到了52岁，走过了自己人生中“知天命之年”。这15年里，说实话，我有过疲惫，可从未想过要离开。矿里领导觉得我年龄大了，想给我调一个轻松一点的岗位，但我拒绝了。我不想离开这些工友，不想离开我的“办公室”，更不想离开这些走了15年的公路。据说有人统计过，15年来，我一共走了相当于四次“长征”的路，而我累积的献工多达15600多个小时，相当于多干了5年的工作量。

编辑补记：

他每天总是默默无闻地工作着、付出着，他不在意、别人也不在意，但当这个数字被这样累积着计算出来时，它震撼了所有人的心。他的工友们没有一个不佩服他的，不为别的，就单指这每天4点多起床，没有双休、没有假期，一年365天，一天不落地早起，并且坚持了15年。扪心自问，换作自己能否早上提前两个小时上班？答案是“能”。可是，能坚持多长时间呢？一天、两天、还是一个月……道声惭愧，不论是一天还是一个月，但绝对没有毅力坚持15年的。15年，不仅仅是一个数字代称、一个岁月流逝，它更在无声地诉说着郭明义对工作的热爱，对企业的热爱，对祖国的热爱！

18 | 为赶工期，我私款公用

1997年，矿里为了提高采场公路的建设工作水平，就决定开展一个创星级公路的试点站，修一条两公里长的星级公路。当时，矿里安排的修路作业区人数仅仅20多人，而且时间非常紧迫。大伙儿根据矿里的时间安排初步估算了一下，只有工程机械连续作业才能按时完成工作量。我时任矿机关干部，负责修路的技术指导和检查验收。我了解到现状后，就开始思索着如何能调动大伙儿工作的积极性。

有什么办法能让大伙儿心甘情愿地加班呢，我想得脑袋都大了，我只是个负责验收的，总不能跟工友们承诺只要愿意加班就可以得到加班费吧，我没有这个权力。后来，我还是顺着这个思路走，不过把做法拐了个弯，终于让我想到了“绝妙的好办法”。我对工友们说，只要大家加班加点地抢活干，能超额完成每天的工作量，那么他们每天都可以下馆子、吃大餐。大家听了我的话，精神都为之一振，不由得使出浑身的劲儿开始修路。

十多天里，大伙儿每天都干活干到夜里八九点，我也如约天天请大家下馆子、吃大餐。大伙儿累虽累，但都没有丝毫怨言。工程结束时，实际工期比计划工期提前了一天半。不但如此，那条路还成了采场公路建设的样板。大家高高兴兴地走了，可是我有点发了愁。大伙这十多天下馆子的餐费怎么办？我看着打给餐馆老板的欠条，上面清清楚楚地写着每天欠下的金额，加起来一共2000多元。这对于当时每月工资仅几百元的我来说，确实不是一笔小数目。

当时给大家承诺吃大餐是为了能按时结束工程，但是矿里面并不知道这件事。而我自己，则更不好向矿里开口报销餐费，那解决的办法只有一个，就是自己掏腰包，把钱垫出来吧。我回家就和爱人商量了这件事，爱人听后，也很是发愁。那时，她每个月的工资也只有几百元，夫妻两个把工资加起来也不到一千元。要是垫了这笔餐费，那我们两个多月的工作就算白干了。没有收入，一家老小的吃喝，还有我资助的那几个学生怎么办？爱人轻轻叹了口气，她太了解我的性格了，她知道我不会向矿里开口要钱的，算来算去，这笔餐费是掏定了。以后的事情，以后再考虑吧，总能过下去的。这一点她非常相信我，日子虽然不富裕，但却很踏实，即使再大的困难，我也能扛起来，给这个家遮风挡雨。最后，爱人把家里所有的存款都拿了出来，才付清了这笔餐费。后来，爱人有时就打趣我说：“人家管项目工程都是往家里捞钱，你可好，自己垫钱。”每当这时，我总是笑呵呵地回答说：“只要是为了干好工作的、对企业利益有帮助的，别说垫点餐费了，就是修路钱，我都愿意出。”

编辑补记：

过了很长时间后，当时修路作业区里的一名工友不知道从哪里得来了消息，知道郭明义自己垫付了餐费。他把这件事跟大伙儿说了，大伙儿都觉得不可思议。在他们看来，郭明义是矿里的干部，又是这个工程的负责人，大家以为他说出的话就代表了矿里的意思，矿里肯定给他报销。没想到，他竟然自己垫付，想到这里，大伙儿不禁佩服起他的正直和负责任！

19 | 抢修公路，我将个人安危抛之脑后

我自从担任了采场公路的管理员后，就将采场当成了自己的第二个家。我待在这里的时光，远远超过了真正的家。因为我每天工作超过了10个小时，没有双休日，节假日也不休息，都待在采场的公路上。不是企业没有给我安排假期，而是我自己给自己定下的规矩：每天都要把采场的公路检查一遍，以确保公路的畅通。同时，尽自己的能力去为企业谋利。

由于修路作业的特殊性质，决定了越是恶劣的天气，采场的道路考察就越要认真，发现状况就要立马抢修，不能因为天气不好就停止维修。这样无疑就增加了工作的难度，所以，一遇上变天或是阴雨天气时，我总会格外仔细地检查采场道路。

2006年夏末的一个夜里，睡得正香的时候我被一阵噼啪声惊醒。我对这种声音很是敏感，那是大雨击打窗户发出的声音，想到大雨，我一下就清醒了，二话不说就披衣起床。因为我想到白天刚刚铺好了一条坡道。在这样的暴雨冲刷下，那条坡道出现险情的可能性很大。后来我才知道，凌晨1点多，正在值夜班的矿友们也都接到电话，早早赶到现场。可是当他们赶到的时候，看着被雨水冲坏的道路，都有点拿不定主意，不知该怎样下手维修，因为那段路不仅仅是走形，甚至有些塌陷。这时，有人喊：“不要慌，刚刚打过电话了，郭明义说他马上就到。”大家一听说我快到了，他们又开始担心，因为平时我为了节省从家到采场公路的时间，总会抄近道走一条路。那一条路需要翻山，45度的陡坡，高差达90多米……平时走着除了有点难走以外，不觉得有多危险，可是今天的情况不同。今天

雨下得这么大，山路一定非常泥泞，容易打滑，稍不留意就有可能滚落……其实我当时已经出现在山坡顶，接着我就连滚带爬地从山坡上下来，大家认出了我，我就在这样的雨天从山坡上跑下来，身上满是泥、脸上都是雨水，只穿着一只鞋子，另一只途中摔丢了，脚上的泥水之中隐隐露出点猩红。大伙儿的心一下子就揪了起来，就想先给我找个地方休息一下，我心里很感谢大家，不过我摆手说不用了。我说，大家先修路吧，这个是最要紧的。最后，大伙儿只用了1个多小时就将公路修好了。那次的险情排除得很快，大家在自豪之余，不禁佩服起我的那股“狠劲儿”。

就在大家还没来得及平息这件事带来的震惊时，我又一次地让大家见识了我的“狠劲”。那是2007年3月，鞍山遭遇了一次特大的暴风雪，当时，雪花漫天飞舞，寒风刺骨冰冷。可是，面对如此难得一见的雪景，身处其间的我无心欣赏。我记挂着采场的公路，记挂着工作是否会受到影响。这次是凌晨两点多，我从家里往采场公路跑去。雪花越来越大，路上的雪甚至都没到了膝盖，每往前走一步都很困难。我嫌走得慢，最后干脆就手脚并用地往前奔。到达采场时，工友们都还没有到，我就先查看了一下状况，发现皮带下的矿石堆都冻住了，只能手拿工具一点点地刨。那天的除雪工作是从早上4点半开始，一直干到下午6点多，采场的主干线公路才全部恢复了生产。我就跟着大伙儿从早上4点半干到下午6点多，中途大伙儿让我休息一下，大家可以轮班干，可是我摆摆手说自己还有力气不愿停下来……

编辑补记：

每次都是这样，身为干部的他，每次抢修公路都冲在前面，和大伙儿一起干，甚至比修路的工友干得都多。他从来只记得公路是否能修好，是否影响生产进度，从来不考虑自己的安全问题，他用行动感动了大家，使得工友们不由自主地以他为榜样，向他看齐，鼓足了劲儿干活，在保证质量的同时，大大提高了公路维修的速度，保证了企业的生产效率！

20 | 我也有凶悍的一面

我乐于去尽心维护企业利益，为了企业利益，我抛开了私心杂念，抛开了个人得失。可是，我究竟能为企业利益做到哪一步，我自己也说不清。不遇事，又有谁能料到一个人潜伏起来的本性呢！

1991年的一个午后，齐矿机动车间一名有精神病史的工友在车间工作时，突然病发。只见他拿起一把刀追砍车间的工友和过路行人，大家被他疯狂的举动吓得四散奔逃。有人喊着："快抢下他的刀。"但是谁都不敢上前制止。正在另一个车间工作的我闻讯后立马赶来，当时来不及考虑什么我赶紧冲上去，抢下那人手中的刀，并和几名工友一起，将那名发病的工友送到了医院。

大家都佩服我的勇敢，纷纷问我，你就那样冲过去，不怕被他的刀砍伤吗？我笑着回答道，当时顾不上怕了，如果不抢下他的刀，可能就会有人被他砍伤……

近年来，铁矿石的价格大幅上涨，许多不法分子都将眼光瞄向了铁矿石。而我所在的齐大山铁矿由于地理因素的特点——采场与周边的十几个村庄接壤，无法实现完全封闭。这就给想偷盗铁矿石的不法分子提供了便利。因此，齐大山的守护任务非常艰巨。为此，矿里专门开展了矿产资源的保护活动。我主动将自己的名字报了上去。就这样，我和另外几名工友一起，承担了矿里的护矿活动。

一天早晨5点多的时候，我来到采场正朝沟底走时，看见两个不法分子正在偷柴油。我当时就怒火中烧，大喝一声，就往前冲去。两个歹徒没有想到这么早就有人巡查，吓得想开车逃跑。可我不会给他们机会的，我一个箭步冲上去挡住了去路，大声说："想跑，除非从我的身上轧过去。"

两个歹徒本来就是偷点柴油赚点钱，充其量也就能吓吓胆小的，他们一看真是遇到了不怕死的人，只好丢下车辆和柴油，慌忙逃跑。但是他们留在现场的车辆成为公安局破案的有力证据，最终将其抓获。

护矿巡山期间，每次发现异常情况，我都会冲在最前面，即使面对歹徒凶狠的威胁，我也从未退缩。我曾多次拦截偷盗矿石或柴油的不法分子，一度传为矿山佳话。这并不是因为我多么彪悍，我想是因为那种“狠劲儿”，震住了那些偷盗分子。俗话说，软的怕硬的，硬的怕横的，横的怕不要命的，我为企业命都能不要，那些偷盗分子自然是无法得逞了。

编辑补记：

就像鲁迅先生笔下所描述的“横眉冷对千夫指，俯首甘为孺子牛”。郭明义为企业、为群众、为需要帮助的人可以割肉放血毫不在乎；同样，他也可以化身修罗震退前来盗取矿山资源的不法分子。

21 | 电动轮面前，工友们闲庭信步

没有到过矿上的人，也许不了解什么是电动轮汽车，以为它和普通的铲车相差无几。实则不然，齐矿的电动轮汽车是名副其实的庞然大物。其中，最大的电动轮汽车每台自重都在100吨以上，载重量190吨，整车高度近6米，光一个轮胎的直径就近4米。不要说是普通人，就是30吨的翻斗车，都没有它的车轱辘高。所以，担任采场公路管理员的人，面对的不仅仅是工作上的辛劳，还有很多潜在的威胁，因为这些两层楼高、载重量超过两三节火车皮的“巨无霸”都有15米左右的视野盲区。它能让了解它的人“谈轮色变”。在国内的矿山企业中，就曾发生过电动轮碾压面包车、小货车，造成群死群伤后而电动轮司机自己却没有任何察觉的恶性事故。

工友们从未将电动轮的威胁放在心上，我也坚持每天和一线的工友们奋战在一起，丝毫不在意将自己处在了高危岗位；我直接参与修路作业，平路机、翻斗车或大型矿用电动轮在我们身边来往穿梭，而我们却犹如闲

在工地

庭信步，轻松自如地穿行于一台台巨型机械之间。与巨大的电动轮汽车相比，我们看上去很矮小，而且常年的风吹日晒早已将大家的面孔变成了健康的红褐色。可是，就在这样艰苦的环境中，我从未想过换一个岗位，当领导提出想给我换一个轻松一点的岗位时，我拒绝了。

我不接受轻松安全的工作，就愿意哪里有困难、危险，我就往哪里钻。2008年2月，齐大山铁矿要对破碎站进行整体移动。这是很有难度，也很困难的一项工作，那么，到底难到什么程度呢？齐矿的职工给它起了一个很响亮的名字叫“亚洲第一移”。因为这座破碎站高20多米、宽15米、重达900多吨，要将这样一个巨型破碎站整体移动，如果道路稍微有一点不平，就很容易发生倾倒，那样不仅会造成设备毁坏，严重时还会造成人员伤亡。然而就是这样危险的地方，我却一头扎进去，怎么也不肯离开了。

但是，要移破碎站，就要先修好路。因为采场上雪花飞舞，寒风刺骨，把皮带下面的矿石堆都冻住了，矿里要求在12个小时内将皮带下的路修好。我前一天患上了重感冒，但从早上5点一直到后半夜两点，我都一直站在现场监督指导。工友们见我浑身颤抖，几次劝我下山，我很感谢大家的关心，但大家在严寒中工作，我也坚决不肯撤退。最后路修好时，我累得连站都站不住了，是两名工友搀扶着将我送回家。第二天早上5点多，我坚持如往常一样准时出现在了采场公路上。

编辑补记：

矿里的领导看着郭明义为工作如此付出、如此奉献，都不由自主地在心里对郭明义竖起大拇指，也许他的能力水平不是最高的，但是他那股顽强的敬业精神，是别人所达不到的。没有人肯像他这样付出，所以没有人能做到他这个程度！

22 | 为工作，我几次累到中暑

一提到夏天，大家都会不约而同地想到毒辣的阳光、冒着蒸汽的水泥路以及满身的臭汗，谁也不想在那样的环境里待着，大家心里想的都是：最好能在空调房里待上一个夏天，没有空调，电风扇也可以。但是，在夏季里，很多时候也需要冒着酷热，心甘情愿地出来晒。

我是采场的技术干部，有自己的办公室。那里冬有暖气夏有空调，可是我不愿待在里面。我认为，待在办公室里就无法第一时间掌握采场公路的情况。所以，我放弃了自己舒适的室内办公室，把露天采场当自己的办公室。露天采场条件十分艰苦，冬天温度要比外面低5摄氏度，而夏天的温度要比外面高10摄氏度。即使是工作在采场的司机师傅，也是坐在冬有暖气、夏有空调的驾驶室里，可是我愿意在采场的公路上接受太阳的暴晒。因此，我虽然身为管理员，却比一线的工人更容易晒伤或冻伤。

尤其是夏天，我的脸上总要被晒得爆皮。工友们看着我晒得难受，就好心想劝我上车，到驾驶室凉快一会儿。可是我不愿意，车上太高，看不清路面的平整度。即使是在路面上检查，我也时常蹲下身子，严格地审视路面的平整度。我不是不怕晒、不嫌热，可是在我心里，采场公路的任务比我自己的身体重要，我觉得只要能保证采场公路的畅通，我晒得心甘情愿。

2007年的夏天，太阳最毒的那几天，矿里要求在很短的时间内将采场里的一条公路改线建设。作为管理员的我，感到责任重大，于是连续好几天在采场上监督、检查公路建设的进展情况。有一天，我在检查公路的平整度时，觉得眼前一黑，然后昏倒了。正在旁边工作的工友们看到我突然倒下，都有点反应不过来，最后，还是一名上了年纪的工友反应出这是中暑了，忙喊着大家去找点水。可是采场公路只有石头，哪里有水！焦急之下，只好让大家去喊了水车过来，用水车里的水把我喷醒了。刚醒来的我有点不明白发生了什么事，大家劝我回去休息一下。一听到休息，我彻底反应过来了，我急忙摆手说，不用休息，大家抓紧时间修路吧，这个有点急，我没事，不用担心。听了我的话，大家又各自回到岗位干活。还有一次，正在指挥工作的我突然感觉不适，就蹲了下来，有过一次经验立马意识到自己是要中暑，我想着蹲一会儿就没事了。正在这时，我身旁的推土机师傅看情况不对劲，就下车将我扶到一旁休息，并问我要不要凉水冲一下头。我摇摇头说不用了，劝推土机师傅不要管我，感觉身体好点儿的时候我又继续自己的工作。

编辑补记：

工友们看到郭明义顶着大太阳，如此辛苦工作，还被晒到中暑，心里都有点堵得难受，就劝他回去，说我们自己会抓紧时间赶活的，不用你督促。郭明义说,我不是为了督促你们工作才站在这里的，我是觉得你们工作都很辛苦，如果自己不和你们站在一条线上，而是回到办公室里吹空调的话，心里会过意不去……听了他的话，大家都沉默了，有的工友甚至红了眼圈。

23 | 我是大家的“意见簿”

那些年，齐矿的通勤车还不是大客车，而是大卡车，那种车冬冷夏热不说，四面都只有不到齐膝高的挡板。人坐在车里，随着车的摆动而左右摇晃。何况矿里的路虽修得平整，却因山势的关系，并非全是平路，所以车相对来说就会颠簸得厉害一些。这样，坐在上面的人就比较危险。我看到这些后，心里十分着急，主动找到矿里领导反映情况，说用卡车载人不太安全。我还发挥了执著的优势，不达到自己的目的绝不罢休。领导一次不采纳我的意见，就反映两次，领导两次不采纳我的意见，就反映三次……最后，矿里将通勤车由大卡车改成了大客车。我听到这个消息后，心里很高兴。我想，工友们终于可以放心地坐通勤车了。可是当我晚上下班时到坐车的地方就傻眼了。车是换了，可是换的却是已超过使用年限的大客车。我的眉毛当时就皱了起来。这种已经到报废期限的车怎么能用？如果不立即更换，会有更大的隐患。我又去找矿里的领导，要求更换新的大客车……领导最终采纳了我的意见，将矿里到报废期限的大客车都换成了新买的大客车。

这件事后，大家都见识到了我的那份“执著”，也发现我善于“反映意见”。从那之后大伙儿都把我当成了一个活动的“意见箱”。

有一回，午餐质量出了问题。这位工友不是拿着饭盒去找领导，而是直接找到了我。我听着工友反映的问题，再一看手里拿着的饭盒，二话不说，就拿着饭盒去找工会，等到人家给我满意的答复后，我才离开。

以前，矿里的职工工作服都由矿里安排统一洗，这算是一项职工福利。可是，矿里为降低成本，决定取消这项福利。职工们一听到这个消息，一下子就炸开了。职工的工作服由于工作关系都特别油腻，拿回家里根本没有办法洗。矿里要是真不管洗了，那这洗衣服都成问题，职工们能不跳脚吗？我听说后，立即跑到领导那里，坚决不同意矿里取消这项福利。最后，矿里经过研究，第二天又恢复了职工的这项福利。

再后来，大家只要遇上什么问题，工资分配不公平也好，劳保用品发放出了问题也好，只要是自己觉得不合适的，都会向我反映，而我也习惯了主动去关注工友们的工作环境，一发现有损害工友利益的事情，我也会和矿上沟通，帮工友们争取回来。

我不断地向矿里反映意见，矿里的领导不但不反感，反而认真听取我的意见。因为我虽然提了许多意见，但反映的是大家的意见，我不愿意提自己的事情。我不藏一分私心，全心全意为矿里好，为工友好。所以，不论是矿里的领导还是我的工友，都放心地把我当成一个媒介，传递职工与领导的想法。

编辑补记：

郭明义是个热心肠的人，凡是接触过他的人都这样说；郭明义是个有爱心的人，凡是接受过他帮助或是看过或听过他的事迹的人都这样说。因此，他的热心肠和爱心注定将他打造成了一个“意见簿”，一个专属于齐矿职工的“意见簿”。

24 | 我知道，一顶安全帽，会温暖一颗心

2007年1月份，寒冬腊月，天气异常地冷。我戴着棉安全帽早早地来到了采场公路，开始我一天的工作。

我一米一米地检查着脚下的路，时不时地，遇到看不清楚的地方，就会蹲下身子看。采场公路的大型机械器具司机车开到我身边时，按响车里的喇叭，跟我打招呼。

这时，正在低头检查公路的我听到有人指挥的声音，就习惯性地抬头看一看，这时我看到一个戴着单安全帽的工友正在下面指挥电铲移动。这怎么行呢？我在心里想到，这么冷的天，采场公路的气温比外面的还要低，就是戴个棉安全帽也不见得有多暖和，何况是戴着单的。这么想着，我就停下了自己正在检查的路段，大踏步地朝着那名工友走去。走近了一看，我才发现这名工友比较面生，因为我天天都在采场公路里转悠，这里没有我不熟悉的人。如果面生，那估计就是新来的。一问之下，才知道这名工友是退伍的士兵，刚来到这里实习。我想，难怪看着面生，原来是新来的。不过，在我的眼里，老工人和实习工是一样的。我说，你戴着单安全帽不冷吗？那个小伙子说，怎么会不冷呢，我的耳朵都快冻黑了。我一听，心里怪难受的，就问他，当时来的时候，他们没有给你发棉的吗？小

伙子低头不说话了。我也没再说什么，只是摘下那小伙子的单安全帽，把自己的棉安全帽戴在了他的头上。那个小伙子还没反应过来，我就赶紧走了。

编辑补记：

小伙子摸着头上戴着的棉安全帽，那上面还有郭明义的热度，他愣住了。那个时候，他刚来到矿上，还不认识郭明义，所以对于郭明义这种随手就拿自己的东西跟工友换的习惯，他一时还不知道该做何反应。等他回过神来，知道应该把这顶棉安全帽还给郭明义的时候，早已看不到他的影子了。他看着郭明义远去的那个方向，心里久久不能平静，虽然天气还是那样地寒冷，但是他的心却热乎乎的。

后来，小伙子才从工友们的口中知道了这顶棉安全帽的主人原来就是郭明义，就是那个一直默默地资助着贫困学生、默默地关心和帮助着身边每一个人的郭明义，他也经常会碰到郭明义，而且郭明义见到他后总会笑笑跟他打个招呼，却从不提那顶棉安全帽，好像把自己的东西给别人、帮助他人都是理所应当的事情一样，全没有因为施惠于人而高高在上的那种感觉，这使得小伙子对郭明义更加敬佩、更加尊重！

25 | 放歌矿山，我为工友们解乏

郭明义会唱歌吗？也许很多人会回答不会。因为，平时我话都很少，似乎总是忙忙碌碌，见得最多的就是我埋头干活的身影。休息时，工友们都坐在一起闲谈，而这里面永远都不会有郭明义，所以我难免给人留下木讷的印象。矿里组织活动或同学聚会，也都没有见我唱过歌，所以就觉得我应该不会唱歌。其实，这都是一种误解，都是因为没有完全了解我的生活。我从不在大家娱乐时高歌，却每每为红十字会献唱、为慈善总会客串主持人，那个时候的我跟平时的自己完全是两个样子，没有低调也不再木讷……跟着我去参加这些活动的朋友回来后告诉大家：郭明义不但会唱

歌，而且还唱得很好，唱得很投入。这时大伙儿才知道我会唱歌。

就在大家以为我只会为慈善事业献歌时，我做了一个让所有人都出乎意料的决定，这让大家明白，我还是一个感情十分细腻的人。我会在工作时，细心地去观察工友们的情绪，看他们在工作中是否有什么不愉快的事情发生，这样可以在第一时间帮助他们调整情绪，以调动他们的工作积极性！

采场上的工作很辛苦，而且还要经受风吹日晒，时间一长，人们昂扬的斗志和工作的激情难免会越来越低，情绪也越来越低落。人一有情绪，工作起来就没有那么积极，效率也没有那么高。每当这时，我的心里就十分着急。后来，我想出一个方法，每当工友们情绪低落的时候，我就对他们说，我给你们唱首歌吧。我不会唱流行歌曲，只会唱一些军歌，或类似于《爱的奉献》的歌曲，可是我想我的歌声还是很浑厚的，我唱得也很投入、很有感情，所以大伙儿听得也是很起劲。然而，真正打动工友的并不是我的歌声，而是我的那种永不停息的热情，希望这融入了我热情的歌声可以洗去大家一身的疲惫，让大家在劳累得失去工作热情时，能借由我的歌声，感受到我那永远也不会退去的热情，继而将自己的积极性也调动出来，让工作不再那么枯燥乏味。

我在采场公路唱歌的时间久了，人们都习惯了我的歌声的陪伴。一遇上工作情绪不积极的时候，就会主动跟我说，老郭，来段歌听听吧。我也不扭捏，上来就唱，一首不行再来一首，直到大家都听得情绪高涨，笑呵呵地去干活了，我也才心满意足地继续检查自己的公路去了。

编辑补记：

郭明义的细心不仅仅体现在唱歌这一点上。他还喜欢写些诗歌，在大家情绪不佳的时候，给大家加加油、鼓鼓劲儿。采场各种大型机械的声音交织在一起，却怎样也盖不住他深情朗诵的声音。他就是采场的移动广播站，所不同的是，他不仅仅是在唱歌、朗诵诗歌，更重要的是，他用心地去体会工友的喜怒哀乐，用心地将每一个人放在自己的心里！

三 一路走来

一个偶然的事件，让我开始走上资助贫困学生的道路。

我不是有钱人，刚开始资助时，我每个月的工资还不到600元。这么多年，我把一半的工资都捐给了贫困学生。

我是这样想的：我是没多少钱，可比那些贫困学生强啊。我一个月给他们捐一两百，虽然钱不多，却能改变他们一生。

我就是这样的一个人：看到别人苦我心里也苦，看到别人幸福我也觉得幸福。帮助别人改变命运，比啥都幸福！

26 | 一次偶然，开启了我资助的大门

1982年，我复员回到齐矿，被分配到鞍钢集团当汽车驾驶员。我认真工作，第二年被评为“鞍钢青年精神文明建设先进个人”。我还记得，矿团委在《鞍钢青年精神文明建设先进个人登记表》中是这样评价我的：“郭明义同志自从1982年8月以来，组织了一支由团员青年参加的青年服务队，曾多次到千山温泉疗养院为患者理发、打扫卫生，受到了疗养院和工作人员的好评，共接到表扬信3封。”

我要用行动向人们证明，自己虽然退伍，但并没有停下学雷锋的脚步。一个偶然的机会，让我走上了资助贫困生的路。这不是一个结束，而是一个开始。我用一年又一年的时间，将这条艰难的路走成了康庄大道。

那一天，天气很好，阳光暖暖地照着大地，风也柔柔的，吹得人心里说不出的舒畅。我和工友去帮助农民劳动。干了一天的活，我的心里乐呵呵的，感觉很充实。就在我们结束了一天的劳动，准备回去的时候，我无意中看见了一户被村民的院子挡住大半边的土房。一开始我以为是谁家的老房子，毕竟大家住的房子都盖得挺好的，没见过谁家的房子这么破的。工友们催我赶快走，可是似乎就是冥冥中的缘分，我提起来的双脚怎么也迈不出去。跟工友打了声招呼，我就抬脚向小土房走去了，我一定要看一下这个房子是不是用来住人的，否则会不安心。谁知走近了土屋后，还真让我的担忧成了真。屋门没有关，站在外面就可以看到里面的情景，屋子很小也很破，里面住着母女两个，母亲似乎身体有病，躺在床上一动不动的样子，一个10岁左右的小女孩正踩在板凳上做着晚饭……看到这里，我的心仿佛被针扎了一下似的，鼻子一酸眼泪就出来了。

正在做饭的小女孩听到门口有响动，就抬起头朝外面看了一下，看见了站在门口、红着眼圈的我，“叔叔您找谁？”小女孩很有礼貌地问。

看到小姑娘这么懂事，我的心就更疼了，摇摇头说不找谁，就是过来看看。小女孩把我请进了屋，转身回去做饭。我就开始和小女孩的妈妈聊

天，询问家里的情况。女孩的妈妈还没开始说话泪就出来了，她说："都是因为我，才把孩子弄得这么苦……"

经过交谈，我知道了其中的缘由。原来，小女孩的父母离异，孩子的爸爸走了，孩子只能和妈妈相依为命。生活清贫但不至于太苦。可不幸的是，孩子的妈妈患上了严重的糖尿病，基本丧失了劳动能力。生活的重担一下子就压在了孩子的肩上。每天孩子的妈妈都要扎针输液，为了省下请人扎针的四元钱，孩子的妈妈让女儿为自己扎。从那时起，给妈妈扎针成了小女孩每天放学后的必修课。孩子年龄小，根本不懂得如何扎针，常常一紧张就把针扎到肉里去了，往往是扎好几次才能扎到血管里。每次扎完针，孩子都哭得像泪人似的。原本孩子的学习成绩很好，可是家里发生了这么大的事儿，对孩子的影响很大，虽然孩子仍然努力学习，可是各种压力压得孩子力不从心……

听了这些话，我的心里再也平静不下来。我要资助这个孩子。不是想，是要。那个时候，我每个月的工资不到600元，可是当时我还是毫不犹豫地给小女孩留了200元钱。我不希望因为家庭困难就让一个孩子耽误甚至放弃上学。回到家后，我还是无法放下心来，我决定定期给孩子邮钱，资助孩子上完小学、中学甚至大学。

编辑补记：

没多久，小女孩就给郭明义寄来了感谢信，字虽写得略显幼稚，但字里行间却透出了孩子的感激。小女孩在信上写：谢谢您，郭伯伯，有了您邮给我们的钱，妈妈就可以请医生来扎针了，我也可以安心上学了……您是我的大恩人……

孩子稚气的语言让郭明义既心酸又欣慰，他决定以后只要看到有困难的孩子，他都搭把手，让他们远离困境和绝望！就这样，郭明义走上了扶助贫困学生之路。

27 | 爸爸走了，叔叔帮你撑起塌下的半边天

我的资助之路从小女孩那里起，就再没有停过。我省吃俭用，积攒着为数不多的工资，攒够两三百元，我就想办法邮出去；我从报纸上看到有生活困难的孩子，就定期给他邮寄200块钱；我听说大连有个大学生因家庭困难而面临辍学，就每个学期开学的时候给他寄学费……

鞍山八中的高三学生董惠，就是我通过报纸了解后开始资助的。

董惠出生于一个普通的家庭，虽然不富裕却也衣食无忧。父母用不太宽厚的臂膀为她撑起一片温馨安然。只是好景不长，那片安然没过多久，父亲便被顽疾缠身，不但不能继续工作，还需要频繁地看病吃药。生活的重担一下子就压在了母亲的肩上。生活变得清苦，可是母亲觉得再苦也不能苦孩子，所以，董惠并没有真正被生活压力所胁迫。她看着躺在床上的父亲和里外操持的母亲，小小的心里涌动出很多心痛与无奈。小小年纪的她没有能力改变这个家庭的现状，只有尽力地帮助母亲做一些家务，但她明白，最能让父母放心的是好好学习。

于是她努力学习，并取得了很好的成绩，在班里还任团支书一职，毕业前她还被批准加入中国共产党。这一切都让她看到了曙光，未来似乎不再遥远，前途也不再渺茫。

高考在即，她拼尽自己最大的能力放手一搏，在那条独木桥上奋勇厮杀。只是她不知道的是，就在她踏进考场的第一天，就在她为自己，为这个家努力的时候，她头顶的那片蓝天塌了半边。她那重病缠身的父亲，终究没有等到女儿高考放榜的那一天，没有看到幸福来临的喜悦，便带着对妻女的愧疚与遗憾，远离了尘世，只留给妻女无尽的思念和繁重的债务。而这些，正在考场上专心考试的董惠是完全不知情的。母亲为了不影响她的考试，隐瞒了父亲去世的消息。

母亲的苦心没有白费，董惠发挥得不错，最终以544分的成绩被西南大学录取了。接到录取通知书的那天，董惠跪在父亲的墓前，痛哭失声。哭自己没能见到父亲的最后一面，也哭父亲没有等到她考上大学的那一天，

一种离别，两处遗憾。失落的不仅仅是女儿心中的那半边天，更是困境面前支撑下去的勇气。

传递给下一代的，不仅仅是一面旗帜

参加传递学雷锋志愿者旗帜活动

处理完父亲的后事后，母女俩便要收拾起悲伤，开始面对现实问题。首先是董惠父亲为治病而留下的将近两万元的债务。其次是董惠上大学的学费和生活费。母亲的工作在父亲病重的时候，就因误工太多而丢掉，所以董惠的学费和生活费便没了着落。这让董惠觉得自己现在就好比是即将到达幸福彼岸的奔波者，遥望可见对岸的昌泰祥和，却苦于面前大河拦路。辛勤守护的父母化身船和桨，助她渡河。可是行船中途，苦难天降，顷刻间船桨没于河中。船安在，而桨却无。未来仿佛触手可及，却终是无缘相遇。懂事的她，没有说出自己心中的彷徨，只是利用高三放暑假的时间不停地外出找工作。可她只是个没有经验没有文凭的学生，找的又是临时工，奔波几天却毫无结果。最后她找了一份发传单的工作，虽然很累，但一天能挣20元钱。干一个月就能赚够大学第一个月的生活费，只是学费，她是怎么也凑不齐了。走投无路的母女俩只好抱着试试看的态度，在报纸上刊登了一则寻求帮助的消息。

我看到了这个消息。见不得孩子吃苦的我，当即决定包下了董惠大学期间的所有学费。

编辑补记：

他用自己微薄的薪水为孩子攒出一份未来，他毅然地充当了那把桨，用爱心为董惠划出一片美好和希望，让她有信心登上幸福的彼岸！

28 | 祖孙相依，我想弥补孩子缺失的父爱

杨斯雯有着一双大大的眼睛，长长的睫毛，忽闪忽闪的特别招人喜爱。可她是一个苦命的孩子，她没有见过自己的父母，在她出生的第三个月，爸爸妈妈便离了婚，从此杳无音信，只有相依为命的奶奶照顾着她。

奶奶体弱多病，又没有工资收入，祖孙两人就靠政府发放的370多块钱的最低生活保障金生活，生活十分清苦。在小斯雯一岁的时候，她的奶奶曾经因抚养孩子困难而把她抱给别人抚养。可是因为担心小斯雯受苦，在小斯雯被抱走的第二天，她的奶奶又将她接了回来。随着小斯雯的长大，祖孙俩的生活越来越困难，尤其是小斯雯入学后，她的奶奶真的再无力承担起孩子的学费。生活一度陷入绝望。

每次看着孩子天真的笑脸，奶奶就忍不住想流泪。眼看着自己的病情越来越重，小斯雯的奶奶觉得自己的头顶是一片灰色的天空，她不知道还能不能去期盼未来。如果有一天自己不在了，苦命的孩子该如何生存下去。小斯雯的奶奶甚至想过，只要有人能好好照顾自己的孙女，即使要了自己的命她也毫不犹豫。

我从鞍山市“希望工程”办公室了解到了小斯雯和她奶奶的情况。当我看着资料上小斯雯仿佛会说话的大眼睛时，我的心都要碎了。我当即把自己身上带的钱交给了“希望办”的人，请他们转交给小斯雯。并从那时起，就开始定期给小斯雯汇钱，资助她上学。我的资助让孩子的学费有了着

落，也让祖孙两人看到了希望。小斯雯的奶奶也提着精神照顾孩子。可是，生活并不是一句豪言壮语，孩子的学费解决了，但生活费还是很困难，那一个月三百多块钱的最低生活保障，也只能紧巴巴地顾住祖孙两人的温饱，何况奶奶还要买药治病。就这样，为了省下在学校吃饭的钱，小斯雯的奶奶每天中午都会骑着自行车跑很远的路去小斯雯的学校送午饭。遇上雨雪天气，一路上，小斯雯的奶奶都数不清自己摔了多少回。

我后来从“希望办”知道了这些事，心里暗自责怪自己粗心。于是，将定期打给小斯雯的钱里又加上了每月的生活费。

让我感到欣慰的是，被我帮助的小斯雯，也懂得关心和帮助他人。为了补贴家用，每到周六周日，小斯雯会随奶奶外出去捡塑料瓶卖。有一回，她们出去的时候刚好碰到一位残疾老人也在捡塑料瓶。小斯雯对奶奶说，咱们把捡到的塑料瓶送给他吧，咱们也要像郭伯伯那样，帮助比自己更困难的人。

编辑补记：

小斯雯的奶奶看着寄来的生活费，心里直叹郭明义是个大好人。于是，她想通过“希望办”的人见见这个恩人。此后不久，在“希望办”的安排下，小斯雯与奶奶见到了郭明义。可是她们都不敢相信眼前这个毫不起眼的人竟然是资助她们的人。不是企业家，没有西装革履，只着一身洗得发白的工作服和一双大头鞋的郭明义就这样闯入了祖孙俩的视线，也叩开了孩子的心。被资助了一年的小斯雯看着郭明义，在自己的心里想，这个人真好，我能喊他一声爸爸吗？而斯雯的奶奶，早已哽咽一片了。她没有想到，这样无私资助自己和孩子的人，竟也是一个穷人！可郭明义只说，再苦也不能苦孩子。

时间已经过去五年了，小斯雯已经成了一名初三学生，而郭明义的资助仍在继续。在小斯雯的眼里，郭明义早已是她的爸爸，郭明义让这个苦命的孩子体会到了人间真情，大爱无疆！

29 | 一份爱心，圆了一个大学梦

这是一个风雨交加的下午，阴云密布，暴雨倾盆，初三毕业生张丽怀着兴奋和忐忑的心情来到了鞍山市第八中学。她是来领入学通知书的。领到通知书后，她既高兴又伤心。高兴的是她终于如愿以偿地考进了这所高中，伤心的是伴随着通知书而来的厚厚的一沓学费。

不错，她也是一个出生于贫困家庭的孩子。母亲体弱多病而且已经下岗多时，母女两个就靠着三百多元的社会最低保障金维持着最基本的生活。这突然冒出来的一大笔学费自然是不可能凑出来的，张丽的母亲只好继续向亲朋好友们伸手借钱。虽然以前她也经常因生活困难或者治病求医而向他们借，但是亲朋好友们都知道她家的情况，也确实同情这对苦命的母女，所以即使知道她们可能还不起，却还是一次次地借给她们钱。亲朋好友的做法，让这对在苦难中备受煎熬的母女心里，感受到一丝丝温情和希望。

可是这一次，录取通知书里所标示的学费数目太大，亲朋好友们也都是普通的老百姓，收入不算丰厚，还要顾及自己一家子的生活，所以，能借给张丽的都是很少的一部分。借了几天，却仍是凑不齐学费的数目。张丽不免有些无助和绝望。她该怎么办？怎么才能凑齐学费？开学的日子一天天地逼近，可是她还是无法凑齐学费。这让年纪尚轻的她，情不自禁地萌生出一种愤世的心情，为什么那么多学生都可以无忧无虑地去上学，甚至有的根本无心学习的人，都可以用钱买到学校去上课，可一心一意努力学习的自己，却凑不齐上学的学费。可是，当她看到躺在床上忍受病痛折磨的母亲时，她的心又不可抑制地痛了起来。

她不能愤世，因为她是母亲的支柱，唯有她积极向上地活着，母亲才有生存下去的动力。最后，她抱着试试看的心理，向报社发出了呼唤，期待能有好心的人，帮她度过这人生最灰暗的时光。她想，等有朝一日她有能力的时候，她一定会好好报答帮助她的好心人。

报纸登出去的第一天，她的心情紧张极了，既期待有人对她的求助给予回复，又担心万一没有人愿意帮助她，那么到时候，她还有上学的机会吗？就

在张丽忐忑不安时，我的电话打了过去。我的第一句话就是，张丽，你不要担心，我会尽全力地帮助你。随后，我给张丽寄去了600元的生活费和一些必备的学习用品。我还开导张丽，告诉她人生还是有很多希望的，不能因为眼前的困难就放弃了以后把握幸福的机会，要好好学习，这样才能改变自己的人生。

我履行了我的承诺，每个月都会给张丽寄去100元的生活费，虽然不多，但却是在尽我的全力帮助这个无助的女孩。有了我的资助和鼓励，张丽重新燃起了对未来的希望。高中三年，她抛开杂念刻苦学习。可是母亲的病却越来越重，张丽想放弃学业，外出挣钱，被我劝阻。我写信告诉她，如果有困难，我可以再从自己身上“挤”出点钱寄给她，但是辍学是万万不能的。就这样，在我的帮助下，张丽磕磕绊绊地念完了自己的高中，可是大学呢？张丽不敢想，大学的学费比高中的学费多了太多。

就在这时，我给她打了电话，告诉她不要有心理负担，要放松心情去参加高考，不要担心学费。我说我会资助她读完大学的。听完这些，张丽泪流满面，我也很是心酸。

最后，张丽以520分的成绩考上了大学，她将这个消息告诉了我。我说，好好好，你考上大学，我就放心了……

编辑补记：

郭明义给她的不仅仅是一次上学的机会，更是给了她改变一生命运的机会，而这，是不能用金钱来衡量的！

是的，郭明义他没有任何私心，也不求丝毫回报。他所求的，不过是每一个他知道的苦难孩子能有学习的机会，能有摆脱贫困的机会。他的想法很简单，但他所做的一切却常常让身处绝境的人有活下去的勇气和信心！

30 | 情系五胞胎，八年付出终不悔

我的“业余”生活十分简单，为什么说“业余”生活呢，因为我每天

工作超过10个小时，工作之余往往又想着怎么能做点好事，这样，留给我自己支配的时间就非常少了。可是我觉得充实，一天不做好事，心里就会觉得像少了什么似的。平时，我不读闲书，不看电视剧，为啥，因为没时间。除了床头放着的、快翻烂的《毛泽东选集》和《雷锋日记》外，我只看新闻。关注一下新闻，时刻了解一下是否有需要帮助的人，有没有可以做的好事儿。这就是我的快乐“业余”生活。

2002年的某一个晚上，我照例用挤出来的时间拧开自家的电视机，调到新闻台，这时，新闻里播报了一则让我既欣喜又心酸的消息：在山东一个名叫嘉祥县的地方，有一对农民夫妻生下了五胞胎。这种由自然受孕而产下五胞胎的事情在全国还是第一次。因此，这不得不说是让人欣喜的消息。但是五胞胎抚养难度大，光孩子的奶粉钱就是一笔不小的开支，而且五胞胎的孩子身体往往比一般孩子的身体差，稍不留意就有生病的可能，加上该农民家里的经济条件本来就不好，所以，生下五胞胎对他们来说，是忧大过喜……新闻里的主持人正在呼吁大家伸出援助之手，帮帮这一家七口。

我坐不住了。爱人开玩笑地打趣道：“怎么？坐不住了，想去捐钱？”我点点头，说：“嗯，养五个孩子对他们来说，难度确实太大了。不拉他们一把，我心里不踏实！”“你呀！就这德性！”爱人含笑地白了我一眼。我一看爱人的表情，就知道爱人是支持我的，心里顿时暖洋洋的。“可是，你还要资助好几个学生呢？钱够吗？”爱人有些担心地看着我。“没事儿，我再挤挤吧，不能看着这么小的孩子受苦啊！”我不太在意地说。爱人看我的反应，不再说什么，只是笑着摇摇头。

第二天，我就去邮局邮了三百元钱给五胞胎……

其实，这个世上从来都不缺乏好人，不缺乏做好事的好人，但我的实力、财力也只能做到这一点点了。我不是因为自己有钱才去捐，我只是见不得有人比自己困难。我不因一时冲动而去捐钱，过后就将之丢到一边。我会将之作为一种责任，只要你需要，我就会坚持下去，直到有一天，你不再需要我的帮助，我就罢休。

对待五胞胎也是如此，自我第一次伸出援手之日起，我就没有间断过定期向五胞胎寄钱。到如今，已经八年了，近三千个日子，我一直陪伴着五胞胎成长，关注他们，猜想他们的需要，猜想他们吃苦了没有……中间，五胞胎的父母曾搬过两次家，可是我的汇款没有间断过，因为我应过他们。我所能做到的，也仅是一份爱心、一份坚持了。

有知道这件事的人忍不住问我："你这样无怨无悔地付出，到底图的啥呀？我是真的想不明白，你一不图名，二不图利的，为啥还这么尽心尽力地给人家捐钱？"我说："图个啥，不就图个心安吗，不知道就算了，知道了，怎么能放着他们不管呢，总得想办法拉一拉、帮一帮吧！"听了我的话，那个朋友小声嘀咕道："是，知道了，你不能放着不管，可是不知道呢，不知道你会想方设法地知道，然后就可以名正言顺地'不能不管'了。"他的一席话也把我逗乐了。我拉开抽屉，拿出了几张照片接着说："这就是我所图的。每年，五个孩子的父母都会寄过来他们的照片给我，看着照片上孩子们健健康康、生龙活虎的样子，我这心里啊，就踏实了，就觉得做什么都值！"

编辑补记：

因为奉献，所以快乐。

31 | 宁浪费血小板，也要保住两条生命

自从第一次义务献血后，我就开始了自己漫长的献血之路，刚开始的时候，我每年献一次血，后来就变成了每年献两次，这已经是义务献血的最高限额。

随着献血次数的增加，我对献血的知识了解得也越来越多。慢慢地，我知道无偿献血分为两种，第一种是捐献全血，每个人每年最多只能献两次，每次最多献400毫升，这个大家相对会熟悉一些。第二种则是捐献血小

板。这个可能大家不是太了解。捐献血小板即每次可抽取800毫升或1600毫升的血液，提取一个或两个单位的血小板后再输回体内。血小板可每月捐献一次，每次均按无偿献血等量计算。我当时了解了血小板也能捐献，而且可以每个月捐一次时，心里颇为激动，因为献血一年只能献两次，而血小板却可以献12次。但由于当时的鞍山市中心血站并没有提取血小板的仪器，所以我只好按捺住自己的激动。直到2005年，鞍山市中心血站引进血小板提取设备后，我捐献血小板的心愿方才实现。

那年头，了解献血的人多了，愿意义务献血的人也越来越多，但是大家都不了解血小板的知识，所以愿意捐献血小板的志愿者非常少。而我就是其中一个，在这方面，我愿意当个领军人。每个月，我都会跑到中心血站去捐血小板，完了之后就赶回采场上班，一点也不愿浪费工作时间。

2009年春节前的一天，刚从采场下山、准备回家吃饭时我接到了中心血站的电话。血站的工作人员问我能否提前捐献血小板，听到这话，我说："没问题！"挂了电话后我顾不上吃饭，就往血站赶去。因为我知道由于血小板的保存期限特别短，一般都会按照每月预约的捐献时间采血，如果不是临时有病人需要，而且是重症病人需要，血站是不会给我打电话的。越想越着急，我恨不得一下子飞到血站去。然而，人越急，就越是嫌走得慢，尤其当天刚下过雪，道路十分难行，这让从来都是步行的我下狠心打了一回出租车。

看着打车而来的我，血站的工作人员说：你果真来得这么快。可能在他们的印象里，不论何时，只要有需要，我一定会赶来的。到了医院后，我了解了一下情况，原来是一名临产的孕妇被检查出来有溶血症，如果不及时输送血小板，很有可能会危及大人和孩子两条生命。我听后就和血站的工作人员商量，希望可以立马上机采血。工作人员和我接触的次数多了，知道我的工作很累，也知道我刚下班，知道我已经从早上5点到下午2点滴水未进了。他们劝我吃了饭再上机采血，可是我想，少吃一顿饭不会出什么事儿，还是赶紧采血吧，病人等不起啊！就这样，我躺到了采血机上。

采血过程中，血站的工作人员让我捐一个单位的血小板，我知道后决定捐两个单位的。我的理由是，大人要一个，孩子也得一个，两个单位保险一点，浪费点血小板没啥，他们母子的安全最重要。最终，我如愿地捐了两个单位的血小板。从开始采血到血小板采集结束，一共花了1小时40分钟，就在这个时间里，有两条生命因为及时输入血小板而获救，而我疲惫地睡倒在采血机的床上。产妇的家属看着平安活下来的大人和孩子，泪如雨下，这是两个性命，更是一个家啊，没了他们，这个家还怎么能称为家！产妇的家属打电话想当面给我道谢，我拒绝了，因为这是我应该做的！

编辑补记：

他将助人、救人当成自己分内的事情，两个血小板换两条人命，他觉得值！

32 | 如果你有需要，就和我说

每天，我忙碌于检查采场公路，我喜欢这身旧的工作服和一双大头鞋。可是，即使这样忙碌，我却总是比别人先一步发现需要帮助的人，有工友问我，你是怎么发现的？我说，用心，用心就能发现许多处在困境中、需要帮助的人。

大伙儿聊天时，无意中说了一名水车司机家中生活困难，我记在心底，经常去看望这名水车司机，并不时地送去生活用品，过年时还会送些年货给他，我知道送的东西并不多，并不能真正改变那名司机的生活，但是会让那名司机感受到人间真情。时隔不久，我又从人们口中得知一名平路司机身患重病，就多次悄悄送去治病钱。后来，我又了解到一名电铲司机的爱人没有工作，家里还有两个正在上学的孩子，一家人的生活都靠他一个人的收入来支撑，日子过得紧巴巴的。于是，我就主动在孩子开学的时候送去200元钱。一个车间的工友说，车间的电视机坏了，休息时想看个电视都没有，第二天就发现车间里换上了一台好的电视机，我把坏电视机拿去修理，将自己家的电视机搬到了车间里……

一次冬季抢修道路时，正在指挥的我看到一名推土机师傅没有穿棉衣，而他的车窗玻璃又恰好坏了，寒风从破损处灌进来，吹得推土机师傅嘴唇发青。我脱下自己的棉衣递给了这名推土机师傅，推土机师傅不肯要，我坚决让他穿上。又有一次，我看到一名工友的鞋坏了，就脱下自己的鞋要跟工友的坏鞋换。对于这一点，我爱人也是很无奈，常常早上走的时候，看见我穿的还是一双好的劳动鞋，晚上回来后就变成了坏的了，只好给我再买新的。但是理解我的爱人从来没有怪过我，这一点让我很是“自得”。

一个月过去了、两个月过去了、一年过去了……我一直都能发现需要帮助的人，并且坚持关心、帮助身边有困难的人，用自己的新衣服、新鞋子去换工友们的旧衣服、旧鞋子……大家没有看到我从中获得任何“利”，只看到越来越多的人接受我的帮助，越来越多的人称赞我是一个大好人。如果这是“名”的话，那么我就是获得了这些在大多数人眼里不甚在意的“名”。

那些怀疑和猜测随着岁月的流逝不攻自破，只剩下真诚。那些曾经怀疑我的人也都慢慢放下心中的戒心，开始认真地审视我的举动，然后，他们发现，自己在不知不觉中被我感动。

编辑补记：

郭明义爱众人，真挚而浓烈；他乐于付出，平稳而坚定；他尽自己的力量在帮助他人，他喜欢成为他人前进的动力，他喜欢说，如果你有需要，请和我说。对于郭明义的热心帮助，大家都会心存感激，哪怕是一刹那的感动，但都是含着善意及谢意接受的。为什么这样说，因为刚开始时，大家对于郭明义的热心，总会不自觉地猜测他的意图，不自觉地用有色的眼光去看待他的行为。只要有机会，他们就会聚在一起打趣郭明义。有的工友说，郭明义，我孩子也在上学，你也给资助点吧；有的工友说，我没钱打麻将了，你也给我捐点吧……对于这些带着嘲讽意味的调侃，郭明义从来都不正面回答。在他看来，无论是对这些嘲讽的在意还是回击，都是毫无意义的。只要自己的出发点是善意的，是以助人为目的的，那么，不论别人怎么看都无所谓了。

33 | 为了资助孩子，我什么都捐（上）

我一直坚信，孩子就是国家的未来，帮助孩子就是帮助国家，所以，十几年来，我愿意倾尽所有帮助和资助那些苦难的孩子们。

我和我爱人都有一份稳定的工作，有一份不错的收入，衣食无忧，轻轻松松地就奔了小康。但是，我不愿意就这样生活。我平时省吃俭用，几乎从不下馆子吃饭，一年四季都是一套工作服，几乎没买过工作服以外的衣服，而且，一件棉大衣，我能缝缝补补穿上10年。我想把这些省下来捐给孩子们。

起初，我是骑着自行车上班的，可是当我从别人口中得知海城有一个孩子为了上学，每天要走4公里的路时，我的心仿佛被扎了一下，当即就把自己半新不旧的自行车擦洗干净给那个孩子送去了。爱人知道这件事后，只是笑我，随后便又给我买了一辆。可是，过了没多久，我又听到一个贫困学生希望拥有一辆自行车，我便又把自己的自行车给送去了。当我再一次步行回家时，爱人看我的眼神颇为无奈，却没有阻止我的举动。爱人心疼我每天走路上班，便又给我买了一辆自行车。爱人说她有种预感，这辆自行车还不是我的，果然，没过多久，我发现了一个比我更需要自行车的学生。然后，我就把这辆刚买没多久的自行车，送出去了。

这一次，我真正成为了“徒步一族”，爱人没有再给我买一辆新的自行车。不是爱人厌烦了这样无止境地买车、送车，也不是爱人不再心疼我每天走40分钟的路去上班，而是家里的收入有数，而我资助起人来“没数”，往往是口袋里有多少钱就掏多少钱，不够还要回家去取；手上有什么东西可以送就送，没有的就到家里来取，然后再送。所以，家里除了必需的生活费外，并没有多少余钱，爱人是没钱给我买自行车了。

编辑补记：

郭明义没有丝毫后悔，没有了自行车，但他走得开心、走得满足。每次走在上班的路上，他就会想到，那三个孩子因为他送去的自行车而不用再步行去上学。这样，省下来的时间和精力都可以用来念书，想到这里，郭明义就万分满足。若硬要问郭明义有什么遗憾的话，那估计就是，没了自行车，再碰到有需要自行车的孩子时，他就没车送了……

34 | 为了资助孩子，我什么都捐（下）

一天，女儿欢欢喜喜地回到家中，准备接着看昨天的电视剧。可是当她打开门的时候，突然发现家里似乎有哪里不一样了。愣了一下后，她反应过来，原来放着电视机的地方，现在空了。家里就这么大的地方，一眼就可以扫得完，没有电视机的踪影，那只能说明一个问题：电视机不是挪地方了，而是不见了。她说自己有一种不好的预感，只好带着一点惶急不确定地问："爸妈，咱家电视呢？"我低着头不敢说话。是的，在女儿面前，我总有太多亏欠，因为我把太多爱分给了别的孩子，不知不觉中就委屈了自己的女儿，而女儿的懂事和理解，则更加深了我的愧疚。我知道女儿最近喜欢上了一部电视剧，所以当女儿问起来时，我不知道该怎么回答她。

看着一旁无措的我，爱人心里不忍，就代我回答了女儿的问话。爱人说，有个孩子家里条件不好，想看电视，你爸把电视机送给他了。女儿的眼圈当时就红了，她对我说："他要看电视，你就送，那我要看电视呢？"我一听女儿的话，心里也是一紧张，我只好慢声细语地对女儿说："你别急，回头攒够钱了，我再给你买个新的回来。这次送的有点急了，可是那个孩子的家里实在太困难了，他想看电视，你是当姐姐的，就先让弟弟看吧。而且，你不是高三了吗？总是看电视也影响学习，等你高考完了再看，好不好？”

和孩子们在一起

我说了一大通的好话，爱人也跟着劝女儿，女儿的气慢慢消了。虽然还是有点埋怨我，但是也理解我，如果不让我这么做，我的心里会更难受。与其让爸爸难受，还不如牺牲自己的电视剧。家里少了电视机的声音，我不觉得冷清，只是觉得不能看新闻了。不过，只要孩子在看电视，那就比我自己看还高兴。

有时候，为了资助学生，我往往要费好大劲儿。有一回，我从报纸上看到一名大学生身患重病，急需用钱。我就揣上200元钱，走了好远，又倒了好几趟车才到。钱送出去后，我又倒了几趟车，走了好远，才赶回来，可我一点没有觉得麻烦。

此外，我不仅想在物质上资助孩子，还愿意在精神上鼓励那些命运坎坷的孩子们，给他们写信，陪他们聊天。2006年年底，我从报纸上看见一则消息。这则消息上说市里要动员群众与流浪儿童联欢。我心里很是激动，特意到超市买了许多小食品和一些青少年读物，然后动身去鞍山市救助站流浪未成年人救助保护中心，陪孩子们聊天、下棋、滑旱冰……

时间长了，矿里的领导们都知道了。作为对我事迹的表扬和鼓励，矿里曾奖励我一台数码相机和一万元奖金，并为我办了超市购物卡，我把数码相机和购物卡都换成钱，然后连同奖金一起捐给了需要资助的孩子们。有人曾戏称我对孩子的爱心就像滔滔江水，连绵不绝。我只是笑着，知道大家是善意的玩笑，我并不说话。在我看来，爱心不是江水，江水也可能会干涸，可是只要人还在，爱心就不会结束！

编辑补记：

2009年3月份，在鞍山市团委举办的见面会上，郭明义穿着一身旧的工作服出现在了大家的眼前，那些第一次见到自己资助人的学生及学生家长都愣住了。他们觉得资助自己的人就算不是企业家，也应该是个小康以上的家境吧，可是郭明义怎么看也不像个有钱人。当主持人向大家介绍了郭明义的情况后，很多学生和家长都哭了，他们说自己不能要这个钱，因为他们觉得郭明义并不比他们有钱，却还要拿出大部分的钱用来资助自己，所以，他们不能要他的钱！但最终，他们还是收下了钱，因为在这方面，谁也拧不过郭明义。

35 | 我要捐肾

我做所有好事，家里的人向来都是同意并支持的。但是这一次，我的爱人埋怨我说，你做好事，也不能不顾及自己的身体。我76岁的老母亲在电话里哭着对我说，你做好事也不分个轻重，不跟我说一声，你是想让我急死吗……

那天，我在报纸上看到这样一则消息。上面说，21岁的于雨含是辽宁科大信息技术学院的一名大一学生，因患尿毒症被迫休学。大学生的父亲有心脏病，已丧失劳动能力，全家仅靠母亲每月800多元的退休金维持生活。于雨含的病对于生活本就不富裕的他们，无疑是雪上加霜。面对换肾的28万元手术费，于雨含的母亲毫无办法，只好决定捐肾来救自己的女儿。

我知道后，心里非常着急。我清楚，在这样的家庭里，于雨含的母亲就是家里的顶梁柱，如果她捐肾了，万一影响身体健康，那么他们一家人的日子就更难过了。想到这些，我决定自己去捐肾。于是我找到了一个平时关系不错的朋友，开车带我去医院。那个朋友叫钟明杰。钟明杰和我待在一起的时间长了，就被我“同化”了，当得知我要去捐肾时，钟明杰表示自己也要捐，他说，我自己也有女儿，能体会到做家长的心痛。我高兴地拍拍他的肩膀，心说我没有白交你这个朋友。路上，钟明杰问我，你这么急地出来捐肾，家里人知道吗？我笑笑说，不知道啊，又不是什么大事，不想让他们跟着担心。听了我的话，钟明杰大吃一惊，这捐肾可不是捐钱，钱财都是身外之物，你捐了也就捐了，至多就是手头紧一点，少花一点。可是这肾却是身体里的一部分哪！虽说每个人的身体里都有两个肾，摘除掉一个仍能生活，但是像你这样将身体里的器官捐出去，还能说得如此轻松，实在没有见过！

车到了医院后，我和钟明杰就急匆匆地跑了进去，边跑边向医生打听于雨含的病房。找到于雨含后，我们说明了自己的来意，于雨含躺在病床上看着跑进来的两名陌生男子，他们可能不敢相信眼前的人竟然是来捐肾的。孩子哭着说谢谢，我摆摆手让她安心养病，说一定要坚强，不能放弃，会有很多好心人帮助她的。我把自己临来时揣在口袋里的200元钱交到了于雨含的手里。随后，我和钟明杰找到给于雨含治疗的医生，请求为她捐肾。医生当时也被我和钟明杰的举动感动了，为我俩做了化验，并告诉我们如果化验的结果显示匹配，他会通知我俩的。

我们没有接到医院打来的电话，肾没有捐出去，这让我的心里有些遗憾。但是我的心意很坚定，如果还碰到这样的事，我还要去捐。

编辑补记：

化验结束后，钟明杰开车带着郭明义走了，来去匆匆，连姓名也不愿意透露。就在他们俩刚走没多久，于雨含的母亲来了，当她听说有两个陌生人跑来给自己的女儿捐肾时，眼泪当时就涌了出来。她立即跑出去追，想看看这两个好心人到底是谁，不管能不能救她的女儿，她都要谢谢他们，可是哪里还有他俩的影子。于雨含的母亲站在医院大门口，看着来来往往的人流，眼泪怎么也止不住。只有身处黑暗的人才能体会那一缕阳关和温暖是多么重要，即使它不能完全驱逐黑暗，但它可以给人带来希望，这便足够了。因为很多时候，一分希望能改变整个世界。

36 | 农民工讨债成难题，我热心管闲事

2009年的一天，我又一次成了讨债人。不同的是，上一次是帮老同学讨债，而这一次却是帮陌生人讨债。

那一天，我正在采场公路上考察公路。忽然，我看到一个拄着拐杖的年轻人正在往一条大坡道上走。由于腿脚不太灵便，他走得非常吃力，也非常慢。我看得心里不忍，刚好这时矿上一辆车开了过来，我招手让司机停车，说，你捎他一段路吧。然后，我就招手，喊那个拄着拐杖的人，让他上车。那个正在吃力爬坡的年轻人感到十分惊讶。他说，你真是个好人，刚才有车辆从这里过，我招手他们都没有停，遇到你这样的人真好！我摆摆手说，我只是个普通人而已。不过如果你真有什么困难的话，可以跟我说说，我帮你出出主意。

那个年轻人本来打算上车，一听我这话，突然停下了脚步。犹豫了一下，他回头对我说，我真是有事，你真的能帮我吗？我说，你别急，慢慢说，如果有困难我一定帮你想办法。那个年轻人一听，就跟着我走到采场公路的一角，开始跟我讲自己的难处。原来，这个年轻人在今年六月份的时候，曾给矿山开采场施工队打工，后来受了工伤。他向施工队索要赔偿，但施工方却不愿意给。就这样，双方关系越来越僵，到现在，施工方还没有将该赔偿的医药费赔给这个受伤的年轻人。年轻人说，我这次来，是打定主意了，他要再不给我，我就和他拼了。

我一听这口气，急忙劝他不要冲动。我说，你带我去找那个施工方的老板，我帮你要钱去。年轻人听了我的话后，他说，我和你都不认识，你就愿意帮我？我说，帮忙不是分认识不认识的。就这样，年轻人将我带到了施工方的老板那里。施工方老板一看到年轻人，就显得很不高兴，一副爱理不理的样子。我看不过眼，就说，你就是他的老板？那老板不知道我是干什么的，就问我说，你谁呀？我说，我是实习律师。那老板一听是个律师，心里有点紧张，因为毕竟他拖着这受伤的年轻人的钱是他的错，如是要通过法律途径的话，他不但要把钱赔给人家，还对他的名誉很不好。

施工方老板问我，你是来帮他讨钱的？我摆摆手说，我不是帮他讨钱，我只是想告诉你，他拄着拐杖来一次多么不容易。这么热的天，他走在平路上都吃力，何况是顺着采场的坡道往上走。他走了半天也没有走多远，要是看到这种情景，谁都想帮他一把，所以，我决定帮他。不是因为钱，而是觉得他真的很难。说着，我自己的眼圈都开始红了。老板估计是没见过一个“实习律师”这么帮人要钱的，一时间有点反应不过来。但是最终，他还是不同意把钱赔给那个年轻人。我怕这个年轻人真的做什么傻事儿，就将他拉离了那个老板，然后对他说，你放心，我一定帮你把钱要出来，你不要着急，在家里等消息就行。我问清了他家的地址，就让他回了。

后来，我又跑去找那个施工方的老板，跟他晓以大义，劝他从人道主义上考虑这个年轻人的难处。一次、两次、三次……我一次次地去找施工方老板，我每次都不是逼着老板给钱，而是一次次地讲这个年轻人的困难，希望老板能体谅他。终于，当我再一次去的时候，那个老板主动把拖欠年轻人的医药费交给了我。临末，他说了一句话，你这人啊，真是奇怪，为别人的事还这么上心。但是，你把我感动了……

编辑补记：

孟子曰：“无恻隐之心，非人也；无羞恶之心，非人也；无辞让之心，非人也；无是非之心，非人也。”

郭明义以心换心，以至诚感化他人，使人人皆有恻隐之心，羞恶之心，辞让之心，是非之心，让传统美德传承于当今社会，这应该说是学习郭明义所要铭记的。

37 | 我不愿欠别人一分钱

那一次，是矿里有人办喜事，大家都赴宴去了。我也去了，我虽然平时不跟工友们出去玩，但是并不代表我不喜欢跟大家相处。如果谁家有喜事，我还是会送去一份祝福的，但是我从来不参与大家喜宴过后的余庆节目。这一次，像往常那样，喜宴之后，我就要回去。大家都闹着要去唱歌，我摇摇头说，你们去吧，我就不去了。说着，我就要转身回去，大伙儿见我每次都提前离席，心里挺不舒服的，就吵着说这一次不能这么早回去，让我和大家一起唱歌去。我说，我不会唱歌，再说矿里还有些事情要做，我就不去了，你们玩得开心点就行。大家看我真不打算留下，也只好放我出去。这时，有几个女同事也说要和我一起回去，路上有个伴也安全些。我摸了摸口袋里的钱，只有5元了，如果就我自己一个人的话，这车钱能省就省下了，可是跟女同事一起回去，总不能让女同事跟着我走回去吧。我小声地跟旁边的老同学李树伟说："你能不能先借我10块钱？"李树伟一听没反应过来，就问："你借10元钱干啥？再说了，都老同学了，还什么借10元钱，你管我要10元钱也没啥的。""我只是打车回去，借你10元钱，再加上我自己的5元钱，应该就够了。"我回答。

后来，通过好几次的"催还"，我才把这10元钱还回去。

编辑补记：

郭明义借钱的第二天早上5点多，天还没有亮，李树伟家的电话却破天荒地响了个大早，这让睡得正香的李树伟夫妇半天没有回过神来。爱人对李树伟说，这么早会是谁打来电话啊？李树伟也是一头雾水，电话从没这么早响过，被窝里那么暖和，他真的不想起来去接。最后，在爱人的"怒视"下，他只好起床接起了电话。电话刚拿起来，那边就传来了郭明义的声音。郭明义说，小伟，你起来了吗？我要把借你的10元钱还给你，我现在要去矿里没时间，你过来取好吗？李树伟一听，登时哭笑不得。这么早打来电话就是为了还钱，李树伟的心里有一丝丝郁闷，都老同学了，还这么见外真是让人开心不起来。他对着电话说，那钱都跟你说了不用还了。说完便挂了电话，回床上继续睡觉。

第二天，睡梦中的李树伟夫妇又被电话吵醒了，李树伟一看表，还是5点多，他有一种预感，这么早，整个鞍山市都还在沉睡中，电话一定还是郭明义打来的。果不其然，电话那头传来了郭明义的声音，内容还是要还钱。这下，李树伟真的是无奈了，他说，郭明义，我那10元钱就没打算要，你就不要再这么“执著”地要还钱了，我是不会去取的。郭明义在电话那头说，可是我一定要还你钱，要不是我早上很早就要到矿里，没有时间给你送，我早送去了。你还是赶快来取吧。李树伟说，那钱我真的不要你还了，又把电话给挂了。第三天，5点多，李树伟条件反射地醒了过来，电话很安静。就在他以为话已经说得很清楚了，郭明义应该已经放弃还钱的打算时，电话铃声突兀地响了起来，李树伟立马跳下床去接，饶是这样，爱人还是被吵醒了。爱人在床上无奈地说，你就去把钱拿回来吧，要不然这天天都跟定时闹钟一样，还怎么睡觉啊！听了爱人的话，李树伟也是一心的无奈，只好对着电话那头的郭明义说，好了好了，我今天就去取钱，你不要再打了！

李树伟把那10元钱拿了回来，从此，他家的“定时闹钟”没有再响过。

郭明义帮助别人，从来都是有多少钱就捐多少钱，有什么东西就捐什么东西，从来没有吝啬过，也从来不去计较。这样的一个人，大家也许都以为他是一个大而化之的人，是一个对什么事都不计较的人。其实不是这样，郭明义很计较，他不计较自己付出的，只计较自己欠别人的。

38 | 我省下3元钱，只为能多资助一个孩子

有人为我统计，到2009年，我已经累计资助了100多名贫困学生，钱也捐出去了十万元之多。可是我没有要停下来歇一歇的打算，即使我已经省得不能再省，除了生活所必需的开销外，我没有一点额外的开销，即使我一年四季只穿工作服，一件棉大衣穿了十年，即使在朋友看来，我已经没

有地方可以再挤出钱来了，可是我还是想挤一挤，再挤一挤，只要挤出300元，就可以多资助一个贫困生，这样就相当于多给予了一份希望，我觉得这是非常有意义的，我觉得值！

我从《辽沈晚报》上了解到一个从辽西建昌县迁来鞍山市的贫困家庭。一家四口，妻子长年卧病在床，家里只靠丈夫打工维持生计，两个女儿正在上学的年纪。一家人的生活费、孩子们上学的学费还有爱人看病的医药费，这些费压在丈夫的身上像座大山，使他疲惫不堪。

爱人的病越来越重，支付不起医药费的他动了让孩子辍学的念头。

我知道这件事后，十分心疼这两个小姐妹。我决定向她们伸出援手，给她们送去了钱和学习用品。到两姐妹的家后，我看到姐妹俩写作业没有地方，就又送来了桌子。我帮姐妹俩温习功课，跟她们聊聊天，做些心理辅导，鼓励她们好好学习，将来做对社会有用的人。小姐妹的一家对我都很感激。

可是，一次的帮助并不能解决所有问题，我还要为小姐妹准备更多个300元。这让我有点发愁，这个钱要从哪里省出来呢？我已经省得不能再省了。这时，正好到吃午饭的时间了，工友们喊我去吃午饭。我灵机一动。想到了一个好主意，那就是中午不吃饭，把午饭钱给省下来。中午少吃一顿饭可以省下3元钱，这样两三个月就能省下近300元，就可以帮助这两个小姐妹了。我为自己这个想法感到兴奋，当大伙儿都去食堂吃饭的时候，我就一个人躲起来，到了下午的时候，饿得头昏眼花，可是我的心里还是很高兴。终于熬到下班，我脚步虚浮地就朝家里走去。刚打开家门，我就直奔厨房，这时，我又窃喜没有申请住大一点的房子，要不然跑到厨房还要很久。想完之后，我又忍不住笑了，如果爱人知道我的想法，一定又要用很无奈的眼神看着我。爱人还没有下班，我看着干干净净的厨房，最后只找到两个前天剩下的馒头。可是饿急了的我哪里还管得了这些，就着热水就吃了。

爱人下班回到家，一看我这么早就回来了，感觉很稀奇。就对我说，你今天怎么回来这么早啊？我没有说出自己没吃午饭的事，怕爱人心疼。

可是纸包不住火，厨房里少了东西怎么能瞒得了天天在厨房里忙活的爱人呢。爱人做饭做到一半的时候，忽然发现前天放在厨房里的冷馒头不见了，她一想，女儿不在家，准是我吃了。就问我今天怎么这么饿。我不会说谎，就支支吾吾不肯回答。本来爱人还不怀疑，我一这样，准是有事儿。略微一想，爱人试探地问，你不会是中午没吃饭吧？我不想说，可是也不会去骗爱人，既然爱人已经猜到了，就实话实说了。

听完了我的话，爱人心疼地红了眼圈。她说，你就算是为了帮助孩子，也不能不顾及自己的身体啊！这样熬着也不是个事，从明天开始你中午回家吃饭吧，中午我回家给你做饭。听了爱人的话，我心里很是感动。爱人工作的地方离家并不近，中午休息时间也不算长，这样来回跑着也挺累的。就对爱人说，不用了，下次我带点吃的去就行，你不要来回跑了。爱人眼一红，说累点总比你饿着强吧！我不敢再说什么，只是心里暖暖的，而那之后，每天中午都是回家吃爱人刚做好的饭，再也没有饿着肚子啃冷馒头的经历了！

编辑补记：

见到郭明义爱人的人都知道，那是一个外表和内心都很美丽的中国传统女性。

39 | 圆孩子一个清华梦，换一颗赤子报国心

林泫雨是一名正在高考的独木桥上奋力拼杀的高三学生，可是她却不像一般的高三学生那样，将精力全部放在备战高考上，因为她的家庭，使她必须考虑高考以外的事情。

林泫雨出生于一个普通的家庭，父母都是普通的工人，并不能给她优渥的生活，却可以给她温馨的爱，因此，她的生活平淡而快乐。然而，就在她升入高一的那一年，那份平静被打破了。她的父亲突然病故，母亲工

作的鞍钢附企也因工作需要而精简人员，使得母亲成了一名下岗工人。一连串的打击让小小年纪的她无法承受这些累积在一起的悲痛和压力，情绪更是一直低落。坚强的母亲怕林泫雨因此而耽误了学业，所以从来不跟她说起自己再就业的辛苦，只是嘱咐她安心学习，别的事情不用操心！没过多久，她的母亲又重新上岗了，为了能让林泫雨安心读书，不担心学费的问题，坚强的母亲硬是靠着自己柔弱的肩膀扛起了这个家庭的重担，同时打了好几份工。就这样，母女俩相依为命，靠着母亲辛苦挣来的钱，林泫雨念过了自己的高中，毕业时她没有辜负母亲的期望，以630分的成绩考入了清华大学人文学院社会科学实验班。

这个消息点燃了这个苦难家庭熄灭已久的希望，为生计奔波的母亲也露出许久未曾有过的开心笑容。然而，欢笑和希望的背后，却是“巨额”的学费。也许在别人眼里，这些学费并不昂贵，但是在这样一个单靠母亲苦苦支撑的家庭来说，林泫雨的学费和生活费着实让母女俩发愁了好一阵子。

就在林泫雨母女俩为学费发愁的时候，正是齐大山铁矿慈善义工大队正式成立的时间。在成立大会上，我听说了林泫雨的情况。我在对这对苦命的母女抱以同情的时候，也深深被母亲的坚强和女儿的上进所感动。所以当即决定要资助林泫雨上大学，而且还是全程资助。

编辑补记：

郭明义在成立大会上做决定时，正在家中为学费发愁的林泫雨母女俩并不知情，所以，她们听到这个消息时，心里很高兴。

林泫雨的母亲红着眼圈说，郭明义真是一个好人，这笔学费对我们来说无疑是雪中送炭。而对林泫雨来说，郭明义送来的不仅仅是一笔学费、一捧寒雪中温暖的炭火，更是一种精神上的支持和鼓励。是他让林泫雨真正有自信去展望属于自己的灿烂的未来。后来，林泫雨从别人的口中知道了郭明义的事迹，对他的行为更加佩服，她觉得自己能成为郭明义资助的学生中的一员，是一件幸运又幸福的事。而且，她也暗下决心，要做一名像郭明义以及郭明义慈善大队里的义工那样的人，尽自己的能力去帮助一些需要帮助的人，帮助许多像自己一样处于困境中的人重新燃起生活的希望，帮他们走出人生的阴暗。只有真正经历过黑暗的人，才知道有人愿意伸手将你拉向光明是多么难能可贵，所以她也要立志做一名这样的人，做一名郭明义式的雷锋传人！

40 | 我想给困难中的人带去力量

我只是一个平平凡凡的齐矿采场管理员，可是我却总想让身处绝境的人看到希望。世上没有普度众生的佛，把慈悲播撒却不求回报。但是我们普通人却可能做到更多。

武昌斗是鞍山矿业公司齐大山铁矿检修协力中心的人。因长年患病而丢了工作，在家中休养。家里的生活来源仅靠爱人一个人的工资维持。他的爱人付小红在鞍山市矿山冶金制造有限公司工作。虽然是市政企业，但是一家子的生活费加上武昌斗的医药费以及女儿的学费，压得付小红喘不过气来。让本来正处于爱美年纪的她，早早失去了打扮自己的心情，整日就想着如何看好武昌斗的病，如何攒下女儿的学费，大人再苦也得忍着，但是不能不让孩子念书啊。

后来，我知道了武昌斗的事情后，就把这件事放在了心上。经常一有时间，就跑到武昌斗的家中，给他做思想工作，让他放下患病的包袱，安心养病，不要考虑太多，凡事大伙儿帮他想办法。我告诉武昌斗的爱人付小红，如果有什么需要帮忙的地方，你尽管开口。不论是钱还是别的，我都尽量帮你想办法。

2009年的时候，武昌斗的病情突然恶化了。这让本来就贫寒的家更加举步维艰。付小红听着医生的话，哭红了双眼。医生说，武昌斗的病每月都要靠注射“白蛋白”才能维持生命。这种“白蛋白”不仅昂贵，而且还很难买。武昌斗一家仿佛一下子陷入了生活的绝境，看不到希望，也不能不继续向前，即使前方等待他们的只有巨额的医药费以及不知能否看好的病。这个时候，我心里也很着急，时常到医院里去看望武昌斗，帮助付小红去购买“白蛋白”。然而，并不是用心就可以扭转生死，我们大家的努力没能挽回病入膏肓的武昌斗。最终，武昌斗带着对人生的遗憾和对妻女的留恋永远地离开了人世。

失去丈夫的付小红，一下子就像没了精神支柱一样。虽然丈夫长年卧病在床，但毕竟人活着总是一个完整的家，但现在，家里少了一个人，再怎样也无法完整。正在上初中的女儿也因这个打击悲伤得成绩直线下降。这些我都看在眼里，也急在了心里。我先是去安慰付小红，告诉她逝者已逝而生者还要继续生活，不能因此放弃生活的勇气，要朝前看，要为女儿和自己着想。等到付小红的情绪稳定了以后，我又想到付小红的工资本就微薄，能维持她和女儿的生活已属不易，女儿的学费她估计是没有能力支付了。然而付小红的女儿已升入初中，以后的学费只会越来越昂贵，所以我主动帮付小红的女儿解决了学费的问题，想让付小红能真正从阴影里走出来。

编辑补记：

郭明义所做的一切，感动了付小红。在她的眼里，郭明义就如同神祇一样存在，给她和女儿带来光明带来希望，因此，为了回报郭明义这种博大无私的爱，付小红加入了郭明义的爱心联队，并且也在无偿捐献造血干细胞的报名表上签下了自己的名字，因为她知道，要回报郭明义，只能用这种方法，否则，郭明义不会接受！

41 | 心系地震，我一次又一次地捐款

我只是一个有爱心的普通人，但是我想渺小的人可以做到心很大，如

果你愿意，可以装下成千上万的人，那些人中，有贫困山区的孩子，有单亲家庭的孩子，有躺在病床上苦苦求生的工友，更有许多在苦难中徘徊挣扎的陌生人。但是，在我资助或帮助过的人中，最令我心痛的却是遭受地震灾害的人们！

在我没有退伍的时候，我曾给云南受灾的群众捐去了自己两年的津贴。那一次，我跑了几十公里到邮局把钱给寄了出去，后来云南省政府给我写了感谢信，部队的领导和战友们才知道了这件事。我们那里的人尝过地震带来的悲痛，那是言语无法形容的。因此，每当知道哪里遭受地震时，我总是想方设法赶在第一时间把钱邮过去。

2008年5月，四川发生了“5·12”大地震，我知道后，曾三次向灾区捐款，并交纳了1050元的“特殊党费”。5月15日，我听说四川灾区血源紧缺，便立即赶到中心血站捐献了400毫升鲜血。后来，鞍山市慈善总会准备举办一场活动，呼吁大家为四川受灾的民众捐款。我知道后，当即便报名参加。老同学李树伟也一起参加进来。

我另外向慈善总会以及红十字会等捐款450元。有人劝我说，你都已经向灾区捐了那么多钱了，大家都很感谢你了，这些钱你就自己留着吧，毕竟你的生活也不富裕。我摇摇头坚定地说，这些钱，灾区的人民比我更需要！

2010年，西南各省旱灾严重。鞍钢团委特地为西南各省组织了一场献爱心活动，我就通过矿团委向灾区捐了200元的款。4月份，青海玉树地震，我的心都要碎了，为什么人们要一而再、再而三地遭受地震的灾害呢，我想不通也没时间想，我只是匆匆地赶回家，从家中微薄的积蓄中取出了10500元钱，当做特殊党费捐给了玉树灾区的人民。

我每每捐款、献血，只为能尽到自己微薄之力，让受灾的人民能感受到不论遭受何种灾害，处于何种困境，都会有人和他们站在一起，总会有人去拉他们一把，生活并没有失去希望，只要他们抬头，总能看到一双友谊之手，即使那双手的主人远在天涯海角！

编辑补记：

李树伟接到郭明义的电话时，领会错了郭明义的意思，郭明义只说有一个活动，并没有说清楚是为了募捐而举办的。于是，李树伟就在家里“打扮”起了自己。他想，既然是要参加活动，那当然得穿得好一点了，不能像平时那样随便，所以，他特意穿上了自己的品牌衣裤，头发抹得锃亮，皮鞋也擦得锃亮。但当他和郭明义一路赶到了活动会场后，他看见标语上的字，才明白原来是救灾的。那一天，李树伟抹得锃亮的头发上沾满了灰尘，衣服、裤子和皮鞋更是脏得看不出原来的“牌”来。反观郭明义，脱了工作服，光着膀子，浑身都是汗水，却依然一脸笑容地对前来捐款的人说，非常感谢，我代表灾区的人民感谢您！最后，郭明义满怀深情地唱了一首《爱的奉献》，打动了在场的每一个捐赠者。李树伟在下面使劲地给郭明义鼓掌，他觉得这个时候的郭明义帅呆了！

42 | 一岁幼女患上白血病，我助她与死神抗争（上）

严回春是鞍钢集团矿业公司齐大山铁矿的一名普通职工。他有一个幸福的家庭，10个月前，爱人为他生了一个漂亮的女儿。夫妻俩看着这个可爱的婴儿，心里别提有多高兴了，他们给女儿取名叫严函。随着小严函一天天长大，她也长得越发地讨人喜欢，夫妻俩每天最开心的事儿，就是逗女儿笑，只要女儿一笑，严回春就觉得工作了一天的劳累都在忽然之间消失不见了，心情甭提有多清爽了。

可是，就在他们夫妻俩沉浸在女儿成长的喜悦中时，他们10个月大的女儿被确诊患上白血病。这对于初为人父母的他们来说，无疑是晴天的一声霹雳。那一瞬间，他们考虑的不是钱的问题，而是女儿小小年纪却要经受这种病痛折磨，就仿佛在他们心尖生生地撕裂了一块，流出的却不是血，而是痛。后来，为了给女儿凑齐医疗费，严回春夫妇俩拿出了家里所有的积蓄，却仍是不够，无奈的他们只好卖掉了自己的房子。

我知道这件事后，就立即找到了严回春夫妻，想帮助他们。我的到来，让严回春夫妇很高兴。严回春告诉我，郭大哥，我都快绝望了。孩子太小，第一次治疗时给她打140元钱一针的那种药，可是孩子过敏。只好给她换成5000元钱一针的那种药，像我们这样的家底够孩子打几针啊！钱花得像流水，可是病却不见起色。

我听了严回春的话以后，心里很痛苦，觉得小严函很可怜。我也有女儿，所以我能体会严回春眼睁睁地看着女儿受苦却无能为力时的痛。我对严回春说，你不要绝望，我帮你想办法，咱们联系一下白血病青少年基金会看能不能帮上忙。严回春一听我的话，连连摇头，说，郭大哥，这个办法我们已经想过了，也联系过了，可是不管用。第一次，申请了一个，人家说孩子太小，人家救助的是2到14周岁的，所以严函不在救助范围内；第二次又联系了一个年龄范围在0到14周岁的，可是人家说基金会没有钱了，即使申请上了，也拿不出钱来给孩子治病，要不就等到明年钱到位了再治。严回春一听，心就凉了，什么都能等，可是孩子的病不能等。他们只好放弃了找基金会救助的打算。听完严回春的话，我的眉毛皱了起来。我想了想，直接从口袋里掏出了来之前准备的200元钱，将钱递到了严回春的手里，说，基金会没指望了，你也不能绝望，我这就回去号召大家给你捐钱去，就像你说的，孩子的病不能等，不管到什么时候，咱们都不能放弃，明白吗？

严回春不由自主地点点头。他流着泪对我说，郭大哥，严函就是我的命，我怎么能放弃呢，我只是不知道该怎么办才好啊！我说，你要做的就是好好照顾爱人和女儿，钱的问题我来想办法。

回到矿上后，我就开始号召大家向小严函募捐。矿里的工友们早就对我的号召形成了条件反射，当即就有许多工友掏出身上的钱来响应我的号召，还有些工友觉得第一天捐的钱少，第二天主动再捐。工友们的慷慨解囊让我激动不已，我不停地替小严函谢着大家。到目前为止，共为小严函募捐了10万多元的医疗费，解决了严回春一家的燃眉之急，使得小严函能顺利接受治疗。

43 | 一岁幼女患上白血病，我助她与死神抗争（下）

小严函的病能够顺利接受治疗，严回春夫妇俩的心里对大家感激万分。可是没等严回春夫妇松一口气，难题又出现了，小严函化疗完了以后，血小板少。我得知消息后，立即到医院找到严回春说，不要担心，我给孩子输点血小板就没事了。严回春的爱人对我说，郭大哥，你不能献，现在我们全家都靠你呢，万一你要是因为献血小板生病了，我们就失去主心骨了。我说，你放心吧，妹子，我的身体好着呢，哪能献点血小板就倒下了！

仿佛冥冥中的缘分，我的血型和小严函的相匹配，这让我很高兴。第二天，我就到鞍山市中心血站给小严函捐献血小板去了。这一次，我给小严函捐了一个单位的血小板。完了之后，我又到医院去给严函的爸妈送钱。严函的妈妈说，你为严函做得够多了，我们不能再要你的钱，何况你一个月的工资也没有多少。我笑着说，我一个月挣两千多呢，还少啊！严函妈妈说，可是我听说你把自己的工资都捐出去了，自己都舍不得花，这钱，我们还是不能要。

后来，我对严回春夫妻说，你们应该知道，小严函得的病，这样治疗是不能根治的，要想从根本上治好她的病，就要给她移植造血干细胞。严回春夫妻俩点点头表示知道，就在点头的那一刹那，严回春夫妻俩的眼泪掉了下来，他们不仅知道要移植造血干细胞，还知道造血干细胞能配上型的概率只有十万分之一。他们不知道，自己的女儿是否能够得到上天的垂怜，成为这幸运的十万分之一。我满怀信心地说，你们放心，只要能发动更多的人加入无偿捐献造血干细胞的行列，就一定能为小严函找到配型的人。

我对配型很有信心。因为之前在为另一名工友张国斌女儿的白血病配型时，就成功地找到了配型的人，随时都能接受造血干细胞的移植。所以，我有理由相信，小严函也能找到配型的人。回到齐矿我向大家说了小严函需要移植造血干细胞的事儿。我呼吁大家都能向这个年仅一岁的小姑娘“伸出自己的胳膊”，献出一点爱心。我的话刚说完，就有几个工友当即决定要为小严函捐献造血干细胞。

编辑补记：

严回春知道郭明义在矿里给自己的女儿号召捐献骨髓时，堂堂七尺男儿却不顾形象地大哭了起来，他说，郭大哥是他们一家的救命恩人，不管小严函的病是否能够治好，郭明义的情他们一辈子也还不完。

后来，郭明义又在矿里发起了几次倡议，有越来越多的人加入了为小严函捐献造血干细胞的行列。但是至今没有找到跟小严函配型的人。不过，郭明义信心很足，他说，我会去发动更多的人为小严函捐献造血干细胞，直到帮她找到配型的人为止！

44 | 走到哪里，要将好事做到哪里

关于做好事这点上，其实我是非常灵活多变的，我不会死板地将好事拘泥于一个范围内，而是愿意走到哪儿，就将好事做到哪儿，遇到什么就把好事做成什么……

2010年7月，辽宁科技大学邀请我们作报告。许多学生当场流下了眼泪。报告会结束的时候，掌声久久不止。我觉得这是大家对我们工作的肯定和支持。

报告会结束后，我们来到学生们身边。许多学生围住我说，我们学校土木工程学院的一名同学刚被查出有白血病。你们爱心联队能帮忙吗？我说，当然能，只要你们需要，我们团队一定竭尽全力帮到底。

第二天，我就带着近1000元的捐款来到了这名学生所在的医院，亲手把钱送到了学生的手里，并鼓励这名学生一定要对治好自己的病有信心，要有战胜病魔的决心。随后，我又组织了500多名志愿者捐献造血干细胞。这名患病学生的同学说，郭叔叔并不是口头上说教，而是在用自己的行为

为大家上了一堂生动感人的课，让大家明白郭叔叔的爱心联队是真正为需要帮助的人办实事、办好事的！其实，这并不是我一个人的功劳。这荣誉称号属于我们团队的每一个人。

2010年10月份，我和女儿以及报告团的其他成员前往合川钓鱼城、渣滓洞、白公馆等地参观。我脱下了我的工作服，换上了仅有的一身运动衣。

下午3点左右，我们来到了红岩魂广场，这时我看到一名搬运工人正拖着一个百多斤重的大机器，在台阶上艰难地挪动。我又闲不住了，快速地走到搬运工的身边，伸出一双大手，同搬运工一起将机器抬到了台阶顶上。然后，我便又回到自己的团队身边继续自己未完的参观，我知道，那搬运是快乐的。

团队的人对我说，郭大哥，你真厉害，每次总是你第一个发现需要帮助的人。我摆摆手说，这点小事不算什么，别人有困难，就应该帮一把。举手之劳而已，不值一提。

等我们参观钓鱼城时，我发现城墙上有一根铁丝伸出城墙很长。于是，我停下脚步将铁丝拔了出来，拔完后我心里想，这样就可以避免刮伤游客了。

编辑补记：

这就是郭明义，一个走到哪里把好事做到哪里的郭明义，一个不在乎好事大小都要去做的郭明义，他就是用这样质朴而宽厚的爱感动了成千上万的人，这种感动常在，这种爱永不熄灭！

四　心中的爱

有那么一段时期，我的很多行为不被人理解。但慢慢地，人们的眼光变了，他们不再视我为缺心眼儿，不再戏称我为“傻子”，人们开始亲切地称我为郭师傅或郭大哥，会热烈地响应我倡议的活动。

于是，有了“郭明义敬业爱岗团队”，有了“郭明义爱心联队”……

我深知，就算自己浑身是铁也打不了几颗钉，只有越来越多的人加入到“爱心传递”的行列，世界才会变成美好人间。

人心总是善的，社会总是好的，我坚信！

45 | 为竟父志，我拼命学习

我的父亲，是一位普普通通的鞍钢工人。但他表现突出、乐于助人，还曾受过周恩来总理的接见呢。可是在父亲的心里，一直有一个遗憾，那就是没文化。所以，他把希望都寄托在了儿子的身上。当我还是学生的时候，有一次，我正在灯下写作业，父亲看到后走过来拍着我的头说，你一定要好好学习，我就因为没有文化而吃了一辈子的苦，你千万不能像我一样，要多掌握知识，为爸爸争口气！我认真地点点头，在心里给自己立下了志愿：一定要好好学习，不能让父亲失望！可惜，天不遂人愿，我上学的时候正赶上“文化大革命”，学习文化知识的机会并不多，这成了我学生时代的一大遗憾。可是我没有放弃。进入部队后，有了学习的机会，我就拼命地学。复员后，我更是报了市内的夜校班，一刻不停地学，每天骑自行车要往返二十多公里。终于，我取得了优异的成绩。1984年，我顺利通过了全国统一录用干部考试。1985年，我考入鞍山市委党校的大专班脱产学习两年，毕业后，我被调入齐矿党委宣传部，就任理论教育干事。其间，我撰写的党课教案，还曾在矿山公司的评比中获得过一等奖呢！1991年，我又参加了全国统考的统计员考试，并成为当时矿山公司里唯一获得资质证书的人。

除了这些以外，我还苦学了十年的英语。这十年间，只要有机会，我就手不离书，背单词、背句子……吃饭背，走路背，连上厕所也不例外，长时间的刻苦学习终于使我的英语水平有了大幅度的提高。尤其是在1992年时，我报了英语强化班。在班里，我是年龄最大的学生，但我的用心使自己成为班里进步最快的学生。一年后，我就已经可以熟练地翻译书面的文章，并能和企业的外方人员熟练交流了。

应该说，取得这些成绩的背后，是我不懈的努力和付出。我用行动告诉了父亲，我没有愧对父亲的期望，虽然父亲已经不在，可是父亲的话一直在我心里回荡，学习，要努力学习……

编辑补记:

第一次见郭明义的人，大都有这样一种感觉：不高的个子，微驼的背，一身洗得发白的旧工作服，一双旧的劳保鞋，常年经受风吹雨打的脸散发着健康的光泽，以及时刻挂在脸上的憨厚的笑，都让看到他的人感到他很质朴，但也会觉得他没有什么文化。但如果你真这么想，那么你就大错特错了。

郭明义不仅有文化，而且还属于自学成才呢！入伍前只有初中文化的他，为了学习，不知道下了多少工夫。而这一切，除了他自己自强的因素外，更多的是为了完成父亲的心愿。

46 | 工作中，我带着外方友人去捐钱

1988年，齐矿的政工系统由于种种原因，要进行大幅精简，党委宣传部被撤销。时任党委宣传部理论教育干事的我被安排和其他分流的二十多名同志一起，集中去矿内的劳动大队培训。那时我刚刚三十岁，这对于一心上进的我来说，是一个不小的压力。领导也找我谈话，对我说，你的业务能力和综合素养都非常高，但是，你要能体谅公司的情况。咱们宣传部里就你的年龄最小、待的时间最短，所以组织才做出这个决定。而且你还年轻，只要肯努力，有的是机会。关键是要调整好自己的心态。明白吗？我说，我明白，请领导放心。随后，我的所作所为果真让领导放下了心。因为我不光工作积极，还积极地做其他分流人员的思想工作，开导了许多思想有包袱的同志，减轻了领导做思想工作的压力。

后来，我又主动请缨到基层车间工作，并担任统计员兼人事员。工作中，我认真负责、敢抓敢管，表现十分突出，受到领导的一致好评。后来，随着我英语水平的提高，领导们决定让我担任33台电动轮生产汽车现场组装的英文翻译。这些电动轮每台价值均在1000万元以上、载重量为154吨。我知道此事后非常兴奋，我决定好好珍惜这次机会，好好干。虽然当

时在现场的翻译不只我一个人，但我每天都是第一个到，最后一个走。就这样，我给外方人员留下了很好的印象。也因此，才有了后来的故事。

就在我被分流期间，我的资助行动也没有停止过，而且随着资助人数的增加，我的经验越来越丰富。我不再满足于从报纸上或是同事们的口中了解需要帮助的人。我开始频繁地进出鞍山市“希望办”，从里面找寻需要帮助的孩子。1994年时，我通过鞍山市“希望办”将200元钱捐给了岫岩满族自治县的一名男孩。

几天后，我办公桌上就放了一封感谢信，歪歪扭扭的铅笔字诉说了受助者的家庭困境和感激之情。看完信后，我的心里酸酸的。在我看来，幸福的孩子都是一样的，不幸的孩子各有各的不幸，想了想就又给孩子寄去了200元钱。随后的日子里，我也时常给这个男孩邮去点儿钱。

慢慢地，两年时间过去。这一天，我照例将攒够的200元钱，拿到邮局去邮寄。途中，被来自澳大利亚的外方友人艾伦看见了。艾伦亲切地问我要去哪里，我就说：“到邮局去寄点儿钱！”“给你的家人吗？”艾伦问。“不是，给一个贫困灾区的孩子寄点儿生活费。”我不擅长说谎，老老实实地交代了自己的动向。这下，艾伦有点儿不明白了，他知道贫困灾区代表了什么意思，但他不明白这个孩子和我是什么关系。我说，我和他没什么关系，也没见过他人，只是从“希望办”那里知道他需要帮助，否则就有可能辍学。我不能眼睁睁看着这些孩子们因为家境困难，就失去了学习的机会，所以我要尽自己的能力去帮助他们，让他们能够重返校园。听了我的话，艾伦深受感动。他当即决定自己也要参加我的“爱心行动”。我一看艾伦这么有爱心，就十分高兴地带他去了“希望办”。在那里艾伦也向两名贫困孩子捐了款。回来的路上，他还一直询问我关于资助学生的事情。

编辑补记：

当艾伦了解到郭明义的“资助史”已经有好几年时，不禁大为佩服，直夸他是有爱心的人！郭明义不好意思地说：“没啥，你不也是有爱心的人吗！只要自己少吃点儿大鱼大肉，少买一件衣服，就能改变一个孩子的一生，我又何乐而不为呢！”

47 | 头一次献血，我有点儿晕针

在二十年前，“献血”这个词还没有完完全全被老百姓所熟知。在大多数人的脑海里，一直恐惧着、潜意识里排斥着献血。因为他们不了解献血对身体的好处，只能凭借自己的想象，认为别人因为缺血而威胁生命健康，那自己把血捐给了别人，自己的生命也会遭受威胁。想得多了，就形成思维定式，即使有人告诉他们献血对身体没有任何危害，他们也是怀疑大过信任。

1990年时，矿里号召职工们无偿献血，大家你看看我，我看看你，都犹豫着要不要报名。这时，我第一个走上前，在报名表上签下了自己的名字。有好心的工友暗中给我使眼色，让我不要这么快就签，等下班后，大家商量一下再签也不迟。我当时就忍不住悄悄问这名工友说，为什么要等下班后商量，献血是一个公民的义务，而且你的血可以救他人的命，这是好事儿呀，还商量什么？再说，如果大家都不献血，那得死多少人呀！工友一副恨铁不成钢的样子对我说，这是献血又不是帮助敬老院打扫卫生，万一影响身体健康怎么办？到时候你后悔都没地方哭去。我听后，一挥手说，放心吧，这不会影响身体健康的。我媳妇儿是护士，她给我讲过科学献血对身体没有任何坏处，相反，还能促进体内血液的再生，对身体还有好处呢！所以，你也不

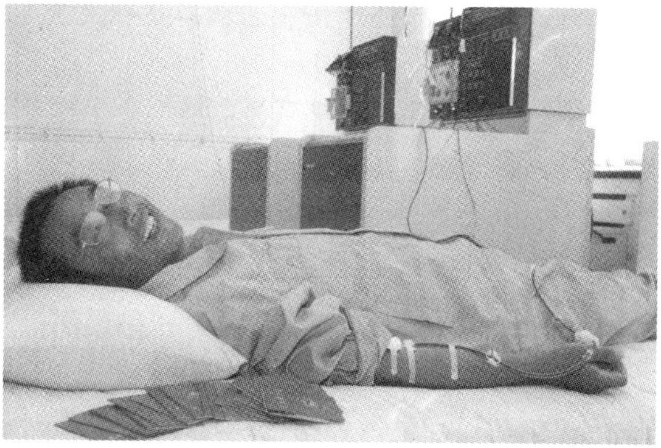
献血现场

要担心了，快去报名吧！那名工友略带怀疑地看着我，在心里思量着要不要相信我的话。他知道我从来只会帮助人，不会害别人，我不可能骗他。最后他把自己的名字也写上了。随后，一些工友们也陆续写上了自己的名字。但还是有很多人犹豫不决，不肯轻易相信科学献血的安全性。

到了献血那一天，我早早就赶来了。在排队期间，当我看着血从别的献血人的胳膊里被抽出来时，心里不禁毛毛的。我赶紧调适自己的情绪，但轮到我时，我还是不由自主地紧张起来。医生看着我的样子，就问我，是第一次献血吧！我点点头。医生善意地笑了笑说，难怪这么紧张，放松点儿，一会儿就好了。我仍是点点头，尽力放松自己。可是怎么也放松不下来，肌肉也很僵硬，第一针怎么抽都抽不出血来，全是泡泡。第二针倒是抽出来了，可是当我看着自己的血从身体里流出来时，头就晕了。抽完血后坐了半个小时，我才恢复过来。

缓过劲来的我又开始思量着献血这个事儿了。以前仅仅知道科学献血对身体没有坏处，而且还可以救人。可是从来没有献过。今天头一次献血竟然晕了。我笑着想，原来自己这么胆小啊，这可不行，以后要多献几次，治治自己的“胆小”才行啊！从那以后，我就开始了自己的漫漫献血路，一晃二十年过去了，我还是坚持着，我也早已经不晕血。可是我觉得只要自己还能献，这条路就还要继续走下去！

编辑补记：

在郭明义的全部故事中间，这一个小故事显示了他最为可爱但却真实的一面。爱，就这么简单，就这么伟大，它可以战胜人们心灵深处本能的脆弱。

48 | 家不在大小，有情就会温暖

市郊，一栋20世纪80年代的小楼的顶层，40平方米的屋子，水泥铺的地

面，白色涂料墙，老旧的家具，木质门窗，唯一的装饰就是墙上的世界地图和中国地图，再没有别的装饰，这便是我温馨的家。有关系好的工友打趣地说，要想拍老电影的话，直接上郭明义的家就行，连景都不用布。

我的家很小，但很温馨，三口之家无法在家里拥有独立的空间。女儿没有自己的房间，在4平方米不到的门厅一住就是20多年。但我们很快乐。

我很穷吗？买不起房子吗？不，我是矿里的技术干部，每个月收入在两千块钱以上；爱人也是医院里的正式工，有稳定的收入。那么，也许就有人问了，你们为什么住在这样简陋的房子里，即使买不起好的房子也应该有钱把现在住的房好好装修一下吧，怎么能让家里看起来如此寒酸呢？

其实我不这样认为，把收入捐给更需要的人，我觉得更有价值。不过，眼看着自己的同事都搬进了市里的大房子，我的爱人嘴上虽然不说，心里却十分羡慕。看出爱人眼里羡慕的我说，不要想那么多，咱们现在住的房子不是挺好的嘛，而且这么多年都习惯了。爱人略带不甘地说，可是住个好一点儿的房子不是更舒服吗？而且，女儿都这么大了，总不能一直睡门厅吧。听了爱人的话，我停顿了一下跟她说，其实，房子的大小跟你舒服不舒服，快乐不快乐没有关系。如果你是快乐的，那么即使住再小的房子也快乐；如果你不快乐，那么就是住再大的房子也不会快乐，也不会舒服。关键在于家人之间的感情，像咱们家感情这么好，住在这小房子里一样很有温情的。说完，我调皮地朝爱人笑了笑。我的一番话把爱人也逗乐了。就这样，爱人再没跟我提过攒钱买房的事。

后来，矿上开始进行福利分房，我不论从资格还是条件上，分到房子的机会都很大。爱人知道这件事后，也对此抱了很大希望，心里还盘算着添些新家具。可是分房的名单下来时，大家都没有看到我的名字，不禁觉得心里纳闷。一问之下才知道，原来我根本就没有写住房申请。这一回，很多工友都觉得我傻气，这么好的机会不知道把握。我的爱人也不高兴了。她看着自己的丈夫把钱都捐给需要帮助的人，她没有意见；她看着家里的存款买不起房子，而只能住在40平方米的小房子里，她也不抱怨；可是现在，矿里分发福利房，大家都争着抢着申请名额，可自己的丈夫却连住房申请也不写，这太让她无法理解了。那一天，爱人心里堵着气，跟我说话也爱理不理的。我知道爱人生气的理由，可是我没办法写住房申请。我觉得，矿里面比自己困难的工友大有人在，自己要为他们着想，所以我不写住房申请。我对爱人说，那房子离咱俩的单位都太远，住进去来回上班不方便，就先不要了吧。爱人没说什么。第二次分房，我不想再敷衍爱人，所以直接将自己心底的想法告诉了爱人，我相信爱人会理解我的。果然，爱人长长地叹了一口气，她说，我就知道你会这么想，算了，反正我也住习惯了，就像你说的，只要一家子过得快乐，住哪里都一样。爱人的理解让我如沐春风，走在上班的路上，我都是笑着的。

后来，矿里又举办了几次福利分房，可是我一次申请也没写过。有条件不够的工友私下里找到我，对我说，郭哥，你能不能以你的名义写个住房申请，然后再过到我的名下，我按市场价给你折成钱，行吗？我断然拒绝。我说自己是一名共产党员，不能做这种事。

编辑补记：

就这样，郭明义一家三口一直住在老房子里，可是他们一直过得很快乐，也很温馨。郭明义常对爱人说，瞧咱家这地方小了多方便，一进门都能躺床上去。爱人开玩笑地说，你这就叫苦中作乐。郭明义一笑回答道，可是只要我们感受到乐，那么苦也就不算什么了！

49 | 血站告急，我发动大家无偿献血

我算是一个“资深献血者”吧，这是鞍山市中心血站工作人员对我的戏称。因为我每个月都要去捐献一次血小板，每年要献两次全血，可以说我是血站老客户。大家说几年下来，称郭明义为“资深献血者”，是非常贴切的。

但我觉得光靠自己一个人献血，挽救不了多少人，关键要发动大家都

来献血。于是，在日常生活中，我逮着机会就跟大家讲义务献血的好处和作用。下班的路上，和工友聊天的时候，遇到路边的熟人，甚至是去邮局邮钱时，都会忍不住鼓励大家去献血。有工友怕献血对身体不好，我就拍着胸膛说，看看我，我献了这么长时间了，身体不是还这么好，连感冒发烧都没有。时间长了，大家的脑海里就形成了这样一种思维：献血对身体也没什么不好的，那有机会就献了吧。

向郭明义学习活动大会

以前，我不知道大家的想法，只想着赶快让大家都接受义务献血这项爱心活动。于是，我开始学着用礼品贿赂人。事情是这样的，血站为了表达对长期义务献血的志愿者的感谢，会给他们预备些小礼品。像我这样的献血者，血站的工作人员给我准备的都是豆浆机或榨汁机等比较贵重的礼品。但我每次都不要这些贵重的礼品，我将它们换成血站的很多小礼品，如手表之类。血站的工作人员对我的举动很是不解，他们问我为什么不要贵重的，反要这些小礼品。我神秘地说，我有大用处呢。

后来，大家知道了我口中所谓的“大用处”指的是什么了。原来，我将这些小礼品都送给了需要这些小物品的工友，并告诉他们，这都是无偿献血赠送的礼品，如果你去献血，一样会送的。我觉得这是个一举两得的办法，既帮助了工友，又宣传了献血！功夫不负有心人，我的努力终于换来了想要的结果。

有一回，鞍山市临床用血严重告急，需要大量的血液供应。我在献血时听到这个消息后，就主动找到血站，提议发起大规模无偿献血。

我自己动手写了一份倡议书，然后跑回矿上向工友们宣读，并告诉工友们这次献血意义重大。因为如果无法保证临床用血的供应，就可能使患者因缺血而失去生命。我平时的努力，已经使大家放下了对无偿献血的戒心，这次我声情并茂的宣读，更是感动了在场工友们的心。最后，在我的号召下，齐矿和矿业设备检修协力中心等单位有100多名干部职工参加这次无偿献血。可是我觉得不够，按我的想法就是越多越好，只有更多的血源，才能保证更多需要输血的人的生命。于是，我又跑到所有我认识或见过面的人那里去，向他们倡议无偿献血。就这样，我一直来回折腾，直到献血日子的到来。

那天，中心血站的车一直开到了矿里。当他们看到眼前的一群人时，有点儿措手不及。因为中心血站的工作人员没想到一下子能来100多人，而且这些人里面，明显有很多不是矿里的职工。经我介绍，他们才知道，原来这群献血的人里，有我的工友，还有我经常去给特困生汇款的齐大山邮局的全体职工，更有许多社区居民，甚至连我经常去复印特困孩子资料的复印社里打工的小女孩也来了……他们闻讯赶来捐献了自己的血液。血站的工作人员，因为不知道会来这么多人，他们的体检表差点儿没够。这一次，血站采集血液2万多毫升，最后出动了三台采血车才将这些血安置好。

编辑补记：

血站工作人员说，他们从未见过一个由个人自发组织的无偿献血活动能来那么多人，而且当时有很多职工都是直接下了夜班就赶来的，中途根本没时间休息，这让他们很感动。

但是他们明白，如果没有郭明义平时的不懈努力，这次的倡议是不会如此成功的！

50 | 工友孩子患病，我成了义务搓澡工（上）

2006年12月，我听说工友张国斌的女儿患上了白血病时，心里立时一惊。他的女儿不是才13岁吗？怎么就得了这种病呢？家里人一定愁死了，先不说巨额的医药费，如果没有匹配的造血干细胞，即使有钱也救不了孩子的病啊！想到这些，我摸了摸口袋，还好有100元。我立即跑到医院把这100元交给了工友张国斌。张国斌的神情十分消极，我劝他振作起来。张国斌给了我一个称不上笑容的笑容。他说，老郭，我知道你是个热心肠的人，是个好人，可是这一次，确实太难了，光医药费就十几万，还不一定能救活……说着，年过而立的工友已泣不成声。孩子就是父母的命，可是现在，这个命就快保不住了。我在一旁听得也是泪流满面。但是我说，你一定要坚持，我现在就去写倡议书，不到最后一刻，绝不能放弃，明白吗？话一说完，我就急匆匆地跑回了矿里。

我先写了一份倡议书，然后跑到矿上的广播台里念。广播间里，我读着倡议书，讲着孩子的病和家里的难处，我当时也泪流满面。正在上班的职工们听了我的声音，情不自禁被感染了。他们纷纷掏出自己口袋里的钱，加入捐款的行列。口袋钱不多的职工，还跑到家里去取，短期内就为张国斌一家捐了2万多元的救命钱。我除了一开始捐的100元钱外又捐了700元。张国斌看着手里的钱，泪流满面，他对我说，郭大哥，真的谢谢你！我心里想的是，谁会没有困难呢，这是我应该做的。

后来，我又听说另一个工友刘孝强15岁的儿子患上了重度再生障碍性贫血症，我觉得自己心里还没抚平的痛又被翻了出来。刘孝强儿子的病也很难治，跟张国斌女儿的病一样，除了巨额的医药费外，还需要移植造血干细胞。我一边写倡议书，倡议大家再向这个15岁的男孩伸出援助之手；一边带头捐款。可是那个时候我手里没有多余的钱可以捐给这个可怜的孩子，最后我把心一横，不顾医疗保险的规则，硬是把自己医疗账户上的3000多元钱打给了急需用钱的孩子。

写满捐献志愿者名字的签字板

后来，我想着这两个孩子的病，觉得只是劝大家捐钱解决不了根本问题，得想办法让大家捐献造血干细胞才行。这个可比劝人捐钱难度大。所以，我揣着倡议书，走遍齐矿的机关科室以及70多个班组，声情并茂地宣读，呼吁大家为挽救工友子女的生命，积极参加造血干细胞捐献活动。可是大家的反应却没能达到我心中的期望。职工们都非常同情这两个可怜的孩子、这两个坷坎的家庭，他们表示可以多捐些钱，但是一谈到捐献造血干细胞，大家都犹豫了。

我心急如焚。看着两个躺在病床上的孩子以及愁眉不展的工友，我觉得自己不能放弃，还要想办法！

其实我理解，我知道大家不是不愿帮助这两个可怜的孩子，而是对捐献造血干细胞不了解。就像献血一样，大家一开始不了解的时候非常排斥，可是等知道献血对身体没有害处后，不都纷纷伸出了自己的胳膊吗，那次由我个人发动的献血活动就是一个很好的例子。想到这些，我又给自己找到了坚持下去的理由。我相信只要能让大家了解到捐献造血干细胞和献血一样，对自身的健康没有危害时，大家都会献出自己的一片爱心的。所以，现在摆在我面前的难点就是，怎样才能让大伙儿了解呢，总不能再去宣读一次倡议书吧。那种情况下，可以让大家科学地了解捐献造血干细胞的知识，却不一定能打动大家的心，于是，我放弃了这种书面倡议的形式。我觉得，要想用真情换取真情，我必须做点儿实际的事。

51 | 工友孩子患病，我成了义务搓澡工（下）

做什么呢？将矿里的环境认真观察一番后，我把眼睛瞄向了职工浴池。

这是我经过慎重考虑后才定下的地点，因为矿里人员最为集中的地方不外乎两处，一处是食堂，一处是职工浴池。食堂里，职工们都忙着吃饭，来去匆匆，顾不上听我讲道理，而且，那里也没有我“做点儿实际的事”的余地呀，总不能再请大家吃饭吧，我要是有这个钱，早就给俩孩子捐了当医药费了。可是浴池就不一样了，工友们劳累了一天，下班后都要去浴池里洗掉一天的灰尘和疲惫。那时候，他们大多会在浴池里好好泡一下，这就给了我足够的时间。所以最终我把“传授知识”的地点定在了职工浴池。

就这样，在采场工作一天，顾不上休息也来不及吃饭，我就急匆匆地赶往职工浴池。到里面一看，我高兴了，满满一池的工友啊，我就仿佛看到了很多造血干细胞一样。工友们见到我，也都热情地跟我打招呼。我脱了身上的工作服，就走到一名正在搓背的工友身后，拿起人家的搓澡巾，帮工友搓起了背。正在搓澡的工友愣了一下。他们素来都知道我爱做好事，可是好事做到帮人搓背的分儿上也太让人不好意思了吧。就在这时，我开始了“理论知识普及”。我一边搓，一边跟大家讲造血干细胞对两个患病孩子的重要性，讲两个家庭的绝望，讲捐献造血干细胞并不会影响人的身体健康。我每为一个工友搓一次背，都要把这些内容讲一遍，浴池里的工友都被我搓了一遍。二十多名工友，二十多遍的内容，直到工友们一个个洗好了，一个个穿衣离去，我还待在浴池里。我还想待一会儿，等一些下班比较晚的工友来洗澡。我的想法很直接，多搓一个背就多一个人了解这些知识，也就多了一份挽救孩子的希望。就这样，我天天一下班就往浴池里跑，一搓就是二三十个工友。每次给工友搓完背回家的我都疲惫不堪，我也只是一个普通人，我也会累。可是我觉得值，因为有很多工友已经明显开始考虑我的倡议了。

事实证明，人世间缺少的不是爱心，而是激发爱心的那一个人那一件事。这一天，我照例来到浴池为工友搓澡。就在我拿起澡巾时，工友们拦住了我。工友们说，郭明义，我们知道你的心愿，你放心，我们寻思过了，回头我们都给那两个孩子捐造血干细胞去。一句话，让我眼圈一下子红了。我知道，我多日来的努力终于没有白费，只要有人愿意捐，就说明孩子的病还有希望治好。那一次捐助，我一共发动了400多名志愿者。

编辑补记：

两个孩子的父亲知道了这件事后，都不知道该如何描述自己当时的心情。他们觉得，即使作为父母的他们，也不一定能拉下脸来去这样求人，可是郭明义却做到了。为了两个仅仅称得上是点头之交的工友的孩子，郭明义竟甘愿去做搓澡工。他们彻底被感动了。郭明义就像是一缕顽强的阳光，在他们最无助、最黑暗的时候，给他们带来光明，而且还非要用自己的一点光明去“拉拢”更多的光明。直到黑暗远去，直到希望来临。

配型后，张国斌的女儿万分幸运地和一名工友配型成功，随时可以移植。张国斌哭着感谢郭明义，他说，我们本来打算放弃的，这病太难治了。可是，你都能为孩子做这么多，我们做父母的还有什么理由放弃呢？你是我们全家的恩人！

可是，造血干细胞的配型成功率只有不到十万分之一，有一个成功就可以算是奇迹，然而奇迹往往无法重复。刘孝强的儿子一直找不到配型的人，那个只有15岁的孩子就这样去了。孩子的父母失声痛哭，郭明义也静静地流泪。刘孝强对他说，郭大哥，你已经尽力了，孩子走前还说，他相信你能帮他找到配型的人的！他走得很安详，你不要难过了！

52 | 我发起了一支无偿献血队

2008年6月，全国都在为奥运会的到来做最后的准备，鞍山市中心血站也开始为北京奥运会备血。我一听到这个消息，全身的血液立马就如沸腾了一般，好像急着要冲出身体。矿里30多名工友和我一起到中心血站去献血。这次献血，使我们获得了鞍山市第一批“奥运生命”奖章，这是值得我们一生骄傲的事迹！

2008年12月，我荣获“全国无偿献血奉献奖金奖”荣誉称号。所谓无偿献血奖是按无偿献血量来评的，而金奖则是无偿献血者的最高奖励。这是我的骄傲。这时，知道我无偿献血的人越来越多，和我一起献血的人也越来越多。于是，我的头脑里闪现了一个大胆的设想。我想建立一个无偿献血队。我觉得，个人的力量毕竟有限，虽然上次发动的无偿献血一下来了100多人，但是我不知道下一次再有献血需要的时候，能有多少人和我一起参加无偿献血。所以，如果能组成一个团队，只要有病人需要，大家都能随叫随到，这该多好。我将这个想法告诉了身边的人，那些接受过我帮助的人，纷纷表示支持我，不多久就有120多人参加了我的献血队。这些人中，有我的工友，有社区居民，还有经常接触我的邮局的工作人员……

我的一名工友曾说，以前矿里给补助，他都不愿意去献血，就怕影响身体健康。可是，当和我接触多了以后，他被我的精神感动了。我曾拍着胸脯对他说，你看我，献了那么多次血，身体不还是这么健康，而且可以救那些急需输血的病人，这不是很好吗？那名工友就是这样被我“拉入了行”，开始了自己的献血之路。

献血队里的成员逐渐增加，可是我总觉得不够。我想，只有越来越多的人加入到这个行列才能保证不再上演血站告急的剧情。可是身边的人，能发动的都已经被我发动一遍了，该怎么做呢？我想到了到街上去发传单，这样才能让更多的人了解到无偿献血的重要性。我把这个想法告诉了自己的“发小”兼“献血队友”李树伟。李树伟一听，这个想法是好的，可是到大街上去发传单，会不会被人瞧不起，而且，还不一定能收到想要的效果。李树伟把自己的担忧告诉了我。我摆摆手，不甚在意地说，不要想那么多，只要咱们的出发点是好的，只要能让更多的人了解无偿献血这个事儿，我相信事在人为，咱们的努力一定能唤醒大家的爱心。何况，我不就是用类似的方法让你加入的嘛！李树伟心里的不确定就被打消了。

第二天，我们就着手发传单的事儿了。果然不出李树伟所料，当我们拿着厚厚的传单在大街上发的时候，常常会被路上行人误认为是发小广告的而遭到拒绝，我们就追着人家发。有时候，遇上脾气坏的，不但不接我们的传单，反而会用胳膊一甩，打落我们拿着传单的那只手。可是我不当回事，拾起传单就去找下一个行人。我们的努力没有白费，虽然有人不理解我们的做法，但更多的却是被我们的举动所感动的人，那些人中有白发苍颜的老者，更有很多“80后”和“90后”；有“白领”、“无业游民”、教徒，甚至还有职业麻将女。他们举起胳膊，成了这个队伍里的一员，他们抱起我怀里的传单，他们学着我的“厚脸皮”，将传单发给一个个过往的行人，他们要用自己的感动再去感动别人……

2009年9月，我又成为鞍山市的“无偿献血”形象代言人。当时与我一起成为代言人的还有著名乒乓球运动员郭跃和交警冯志国。我心里很高兴，我高兴不是因为自己获得的荣誉，而是觉得，自己成为“无偿献血”形象代言人的话，我的号召会更有力度，这样就能让更多人加入这个行列。这才是令我开心的事儿，而我也继续努力着！

编辑补记：

自1990年郭明义第一次无偿献血算起，他捐献全血及血小板的次数多达54次，累计献血6万多毫升，是自身全部血量的10倍，能装满6个纯净水的桶。血站的工作人员为郭明义算了一下，按抢救一个病人需输血800毫升计算的话，已有至少75个危重患者因郭明义的血而得救。

53 ｜ 捐献造血干细胞，我用爱心呼唤爱心

工友刘孝强的孩子因为没有匹配的造血干细胞而死的事件，在我的心里留下了太深的遗憾。如果有更多的志愿者来采集血液样本，很有可能就能找到和死去的那个孩子相配型的造血干细胞。孩子永远离开了，可是那些伤痛却不会消失。只有越来越多的人来捐献造血干细胞，才能让这类的遗憾越来越少。所以，当我看着大街上来往不息的人流，心中就涌出一种无法抑制的感动。那些陌生人中，很有可能就有人能创造奇迹。

于是，我开始想办法发动更多的人来加入捐献造血干细胞的行列。从

2006年起，我就不断发起捐献造血干细胞的倡议，到现在一共有8次了。一共有1700多名工友及社会人士响应。据相关部门统计，鞍山市目前捐献造血干细胞志愿者一共5000多名，他们自从加入这个行列后，越来越认识到捐献造血干细胞对于那些病人的重要性，所以他们被自己感动，也感动着别人。他们就在这些感动中变得越来越积极，那不是为荣誉而努力，而是因为敬畏生命，因为能挽救一个生命而努力！经常有人对我说，郭师傅，你把我的报名顺序往前靠靠行不行，说不定我的就能和那些需要的人配上型呢……每当听到这种话，我的心里总是忍不住地感动。别人的一句贴心的话、一次积极的响应都能令我感动，可是我却从来没想过自己感动了多少人，在我看来，我做的事都是应该的，都算不得什么大事。而恰恰就是这种想法、这种做法，才让自己的爱心呼唤了更多的爱心！

那是2008年的最后一个月，寒冷的天气里却有如春天般的温暖，那是爱心燃烧的热量。齐矿汽运作业区大型生产汽车司机许平鑫也加入了无偿捐献造血干细胞的行列。做了样本采集后，他和大多数志愿者一样，希望自己能够成为那十万分之一的幸运者、成为配型成功的人，希望自己真的能够挽救身患重病的人！

不久，鞍山市红十字会通知许平鑫，他真的成了那十万分之一的幸运者，他和武汉一名白血病患者配型成功。红十字会的工作人员希望他能尽快提取造血干细胞。许平鑫十分激动，可是他的家人不希望他去。因为他太年轻，他连孩子都还

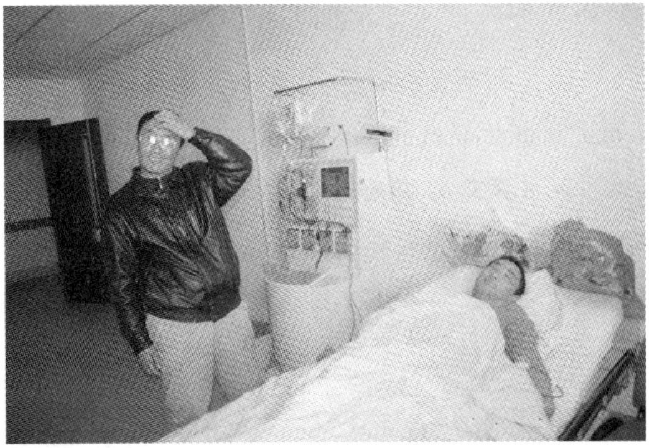

在郭明义的带动下，齐矿职工许平鑫成为全国第1066个成功捐献造血干细胞志愿者。图为郭明义到沈阳盛京医院看望正在捐献造血干细胞的许平鑫

没有。爱人希望等他们有了孩子再去捐献造血干细胞，他的妈妈也怕他留下后遗症，对他的身体不好……可是，许平鑫态度很坚定。他说，我等得起，可病人等不起。郭大哥在帮助他人的时候，从来不想着自己，只想着他人，我也要像他那样，既然决定了捐献造血干细胞，怎么能在这个时候逃避。没过多久，他就在沈阳的一所大医院里提取了400毫升的造血干细胞，捐给了那名武汉的白血病患者，成为全国第1066例、鞍山市的第5例造血干细胞成功捐献者。

当许平鑫从病房里出来的时候，他激动得说不出话来。他觉得这就像一场梦，他不敢相信自己竟然救了一个身患重病的人，他被自己感动了。正在房门外等着他的我，看见许平鑫走出来，就迫不及待地抱住了他，两个七尺男儿就这样哭了，我们为创造出这个生命奇迹而感动、而骄傲！我拍着许平鑫的肩膀说，兄弟，好样的！许平鑫却说，郭大哥，如果不是你，我不可能做出这件让自己骄傲一生的事情，所以，最该感谢的人应该是你，是你的爱心让我成了一名志愿者！是你的爱心在唤醒更多的爱心！我知道，这是朋友对自己的鼓励。许平鑫挽救了一个生命，我真为他感到高兴。

编辑补记：

响应郭明义倡议的志愿者占全鞍山志愿者的1/3。这些工友大多是接受过郭明义帮助的，或是被郭明义无私奉献的精神所感动的；社会人士中，也多是被郭明义帮助过或是因经常接触郭明义而被他的事迹所感动的人。他们加入郭明义的队伍只有一个目的，那就是做郭明义一样的人，无偿地捐献自己的造血干细胞。

54 | 劝阻同学上访，我变身讨债人

矿里精减人员，我的老同学乔广全被矿里给“精减”了。突然由一个

国有企业职工变成了一个下岗工人，中间的落差让乔广全着实低落了好一阵。可是失落归失落，生活还得继续下去。强打精神，乔广全开始找工作。可是，找工作可不像请客吃饭那样容易，乔广全找了几天，除了碰了一鼻子灰以外毫无收获。无计可施的情况下，他联系了几个同他一起下岗的工友。他想人多力量大，大家坐下来一起想办法，肯定比他一个人想要好得多。事实证明，他的想法是正确的，大伙儿合计来合计去终于在一个企业里找到了工作。他们满心高兴地投入新岗位中，可令他们意想不到的是，单位竟然一直拖欠他们的工资不发。一开始，他们没太在意，但当工资拖欠到6万块时，他们觉得事情不太对劲儿了。乔广全在这里是大伙儿的头，遇到了这种事情，大伙儿只好找他商量。乔广全二话不说就去找领导了。可是领导只说资金周转不开，过段时间就发。

他们等了好久，拖欠的工资却一直没有发下来。拿不到工资，工友们当然不干了，他们一气之下都辞职了。可是，工作虽然可以不要，钱却不能不要。作为代表的乔广全就开始一次次地奔波在讨要工资的路上，而这一奔波就是4年。

时间来到了2008年，中国发生了很大的变化，人民的生活越来越好了，社会的发展越来越多元化了。中国一个最大的变化在于2008年北京申办了奥运会。全中国的人都欣喜若狂，都在尽力想为奥运会做点儿力所能及的事儿，削尖了脑袋想成为志愿者。可就在这节骨眼上，乔广全却作了一个出人意料的决定。他要在奥运会时带着那帮被拖欠工资的工友到北京去上访。他觉得，平时他总是苦于讨债无门，但现在不一样了，全中国的人都在关注奥运会，如果他这个时候到北京去上访，一定能引起大家的注意，到时讨债的事也许就容易解决了。

主意虽然拿定了，可是他还觉得心里有点儿没底。他觉得应该找个人给他加点儿底气。这时，他来找我，因为不论谁有困难，找到我，我一准帮忙。可是，这次，我的态度却让乔广全大吃一惊。我非常严肃地对他说："谁有困难我会帮忙是不错，但我是不会帮你上访的。""你为什么不肯帮我？"乔广全诧异地问。"你想啊，现在全国人民都在迎接奥运会，你现在去上访不等于拖国家的后腿吗？所以，我不但不帮你，我还要阻止你去上访！”我说。“我怎么拖国家后腿了，我想要回自己的钱有错吗？而且，上访的事儿又不归你管，你凭什么不让我去？”乔广全有些生气地说。我说：“我是管不了上访的事儿，可是我知道，保护国家的利益人人有责。你要上访的举动，就是在损害国家利益！”乔广全听了我的话后，觉得话不投机，就直接回去了。我看他走时面带愠色，怕他偷偷跑去上访。就找到他家，开导他，问他究竟发生了什么事非要去上访。乔广全便将事情的经过原原本本地告诉了我。我听后，对乔广全说，我来想办法帮你讨债，但是你要答应我不能偷偷跑去上访。乔广全听到这种话，将信将疑，他都要了4年的债了，还是没有要回来，而我一不是官二不认识什么“人物”。我看乔广全不相信我的话，心里担心他一时冲动就要上北京，于是，我连续10多次到乔广全家中劝他要通过合法的渠道来讨回自己的债，并且要他一定要相信自己。乔广全看我不厌其烦地往他家里跑，就说，要是你能帮我讨回了债，我去北京做什么？要不是被逼急了，谁会想起干这事儿！我说好，你在家里等我的消息！

从乔广全家出来，我就去找了拖欠乔广全他们工资的那个老板，并和相关部门协调商议。在我的不懈努力下，不到两个月的时间，那个老板就把拖欠乔广全他们的6万元工资都补发给了他们。

编辑补记：

乔广全看着郭明义帮他讨回的6万元钱，心里百感交集。他这回真的信了，郭明义不是随口敷衍他，而是真真正正地帮他办事。末了，郭明义说，有什么困难，大家可以一起想办法，但绝对不能做有损国家利益的事儿，知道吗？乔广全点点头说，你能把别人的事都当成自己的事情来对待了，我服你，以后做事我都听你的，跟着你做好事儿！

55 | 28元的戒指套牢一世情缘（上）

我和爱人孙秀英的感情很好，我们并没有轰轰烈烈的爱情，但是我们细水长流、相敬如宾；虽然，身为丈夫的我并没有给爱人带来安逸富裕的生活，但这并不影响我们夫妻之间的感情。孙秀英没有金戒指，也没有金项链，我送给她的只有一条红纱巾和一个价值28元的戒指。

大家都说，郭明义是个很博爱的人。他关心身边每一个人，他帮助所有认识和不认识的人，可是他却没有时间陪爱人好好过一个周末。说实话，这一点，我是心存愧疚的，我为了工作，放弃双休，放弃假期，大年初一还在采场公路考察，所以，家里的活儿我从来没有干过，全部都是爱人操持。但这不代表我不爱自己的爱人。每天，我会在早上4点多起床的时候为爱人凉上一杯热水，等她起床后喝。我没有送过爱人上班，但我会在爱人到工作单位后给她打去电话，问她是否到了。我们之间不会卿卿我我、没有轰轰烈烈，但是我想平淡中能够透着忠贞不渝、透着相携白首。

我觉得自己亏欠爱人很多。这么多年来，爱人默默地支持着我，但我却从来没能给爱人什么，甚至连个好一点儿的房子都没有。单位几次福利分房，我都把名额让了出去，至今仍住在不到40平方米的老房子里，可爱人并没有怪过我。虽然，爱人也向往大一点儿、好一点儿的房子，但她理解我，就像我说的那样，房子可以小一点儿，但心胸一定要开阔，屋子可以不亮堂，但心一定要亮堂。我为了资助学生、资助家庭有

在郭明义的背后，爱人始终给予他最大的理解和支持

困难的人，而把家里大部分的钱都捐了，爱人虽然一开始并不是很理解我的做法，但当她看到那些贫困孩子因为我们的帮助而得以重返校园，那些家庭困难的人因为我们的帮助而重新燃起生活的希望时，她理解了我并且开始默默地支持我，让我安心地帮助人、做好事，而自己就努力把家里的一切都操持好，不让我操心。对于这些，我都看在眼里，记在心里。

2009年时，矿里安排我外出疗养。我本来还想像以前那样，把机会让给其他职工，可是这次领导说，你为矿里付出那么多，却每每将疗养的机会都让了出去，所以，矿里决定这次务必要让你外出去疗养。我看领导态度坚决，只好放弃了自己的想法。

这次疗养的地方在井冈山，是革命圣地，这让我心里十分高兴。爱人听到这个消息后，心里也很高兴。因为爱人总觉得我一天到晚忙个不停，怎么也不肯停下来，不是工作，就是帮助人，因此，总怕我的身体吃不消。这次，我同意外出疗养，爱人也是打心眼儿里高兴。

就这样，我在领导的“半强制”要求下，在爱人女儿的殷切希望下，踏上了自己的疗养之路。

56 | 28元的戒指套牢一世情缘（下）

我们夫妻俩平时都是十分仔细的人，爱人是个好的贤内助，在买东西上从不花一分冤枉钱，我更是一分钱也舍不得花，就盼着能攒够300元呢！为此，在我临行前，平时连给自己添一件新衣服也舍不得的爱人特地往我的口袋里塞了1000元钱，希望我外出疗养时能多买点儿自己喜欢的东西。可是揣着钱的我却在心里打着自己的小九九：这些钱如果都能省下来的话，按资助一个贫困孩子300元钱算的话，又能资助三个了。想到这些，我打定了主意，这些钱，能不花就不花。

在井冈山待了几天，我过得很“惬意”。我省吃俭用，就等着回去的时候把这些钱送到贫困孩子的手里去。可是，当我逛到一家纪念品店的时候，我看中了一枚戒指，并不是什么名贵的戒指，标价28元，但是我非常喜欢。想到自己从认识爱人到现在，只给她买过一条红纱巾，我当即买下了这枚戒指。

当我兴冲冲地拿着戒指回到家中时，看到的仍是爱人忙碌的身影。我将爱人拉到一旁，然后小心翼翼地拿出买来的戒指。爱人看到我手里的戒指后，脸一瞬间就红了。和脸色一起红的还有眼睛，这么多年了，我从来没有给爱人买过什么，哪个女人不希望自己的丈夫买礼物给自己呢？不在乎贵贱，只在乎那份心吧。

我看着爱人的反应，觉得手足无措，一边忙着安慰爱人，一边还解释道，这戒指很便宜，我就是觉着好看才买的。那个，回头再给你买个好的。爱人白了我一眼，说，谁说这个不好了，我刚才是高兴的。

从那之后，爱人就将这个戒指当宝贝一样地收着。上班或者干活的时候，她都舍不得戴，怕把戒指给磨坏了。只有等到闲下来的时候，才会戴上让我看看。我有时候打趣爱人说，都老夫老妻了，你怎么还像小女孩一样，买个戒指都能高兴这么久……每当听到我这样的话，爱人总是笑眯眯地说，是啊，我就是这样，我不光为你买个戒指就高兴这么久，我连你恋爱时写给我的情书，我都还收着呢，那个可是好几十年了，你说那个久不久呢？说完，爱人还调皮地眨眨眼。我听后，就故意说，都过去的事了，还想着做什么呢，快烧了吧……这时，爱人就异常坚定地说，我不烧，一辈子都不烧。我告诉你，要不是那些情书，你以为就这28元的戒指能套住我？爱人的话看似毫不留情，可是眼神里却满满的都是笑。

编辑补记：

是的，不论有没有那些情书，不论有没有那个戒指，她还是会被郭明义套牢的。只为郭明义对她深藏在心底的爱和郭明义那颗博爱的心、那种包容天地的精神！

57 我给爱人打欠条

我的所作所为，经常让爱人烦恼。

就拿上次矿上修星级公路那件事来说。本来，我只是个管验收的，只要在规定工期内完成就行了，可是我为了赶工期，没办法自己掏钱请工友们下馆子，还一连吃了2000多元，当时正赶上爱人外出进修。当她踏进家门的那一刻，迎接她的不光是我，还有我手上的2000多元的“饭债”。她知道我平时已将家里的大部分钱都捐了出去，但是像这种没有钱给餐馆打欠条的事，还是让她心里很不舒服。她对我说，我不反对你捐钱或者做好事，也不反对你为了工作尽心尽力，可是你也得看看咱家的情况不是，不能这么个付出法啊！我点头道，这次是特殊原因，以后不会了，我一定先向“领导”申报，说完还给爱人行了个军礼。爱人“扑哧”一声笑了出来。

既然钱已经欠下了，那就说什么也是白搭了，爱人只好去取钱替我还债，而这些钱，几乎是我们全部积蓄。为什么说爱人去取钱呢？因为家里的钱都是爱人来掌管的，虽然我自己不吸烟、不喝酒、不乱花一分钱，但自己的工资都会交给爱人。爱人每月给我的零花钱，我也大都攒了起来，寄给了需要资助的人，因此，一遇上像这种下馆子欠下的“大额”钱，都得让爱人掏。爱人掏完后，还不忘“提醒”我，以后掏钱的时候，要先想想家里的钱够不够。我只是一个劲地不好意思地笑。我的笑里面有满足，也有愧疚。

但是，事实证明，我一碰到那些需要帮助的孩子的时候，就把这些顾虑统统都抛到了脑后。那一回，我刚把钱汇给要资助的孩子们。没过多久，我又发现了好几个特别需要帮助的孩子。可是不论我怎么节俭也无法在最短的时间内挤出钱来，于是我打算先向同事借点儿钱。当大伙儿一听说我要借钱，都纷纷问借多少。他们都没有问借钱干什么。后来，我从工友那里借了1200元，然后马不停蹄地汇给了那几个需要帮助的孩子。

回家后，我把这件事跟爱人说了。爱人一听，脸色立时就不好看了。

家里除了必需的生活费以外，本来就没有多少积蓄，上次已经跟我说过让我看情况、量力而行。可我就是不听，还跟工友借钱。爱人已经不知道该怎么说我了。所以，爱人拿出1200元让我还给工友，但是却不再搭理我，想让我好好冷静冷静，思索一下自己的行为给家里造成了怎样的负担。

一天过去了、两天过去了……我在家里拼命地表现，我也不是犯了错以后的那种“表现”，我只是不想让爱人生气。而她呢，则是一面想要对我“略施薄惩”；另一面又怕给我心里添堵，分了我的精神。毕竟，我工作的采场，每天都是各种大型机械车来回穿行，万一我有了心事，而忽略了自己所处的环境，一不小心被车碰着了怎么办？爱人说她被自己的想法吓住了，最后，还是跟我“和好”了。爱人说，我不生你的气了，你也不要再在心里琢磨了，工作的时候专心点儿……我听后很高兴，我说，我都想好了，回家我给你打个欠条，日后一定把这钱还上，不让你再担心，也不惹你生气了。听完我的话，爱人白了我一眼说，打欠条？亏你想得出来……

于是，爱人手上有了一张我给她的“欠条”：“郭明义欠孙秀英同志1200元，于2008年7月12日偿还，不还离婚。”

编辑补记：

这张“欠条”，至今让孙秀英哭笑不得，而钱，终究也没能还上……

58 | 爸爸给的是愧疚

除了爱人之外，我感到愧疚的人就是女儿了。别人家的女儿都是娇生惯养的，可是我的女儿却从来没有过这样的待遇，不是说我不疼女儿，只是疼的方式不同吧。

女儿从小就住在家里那个4平方米不到的门厅里。没有属于自己的私人空间，也没有小孩子们都喜爱的玩具。有的只是我绘声绘色的故事，玩游戏也只是在不大的家里找爸爸背单词时贴在屋子各处的写着单词的小卡片……后来，我成了采场公路的管理员，家里的单词卡片也被越来越多的图纸所代替……

我平时没有休假日，所以没有时间陪女儿过周末。我总是会对女儿说，等有时间了，我就带你去外面好好玩玩，可是因为忙工作，忙事情，总是没有时间陪女儿过周末。

有时候，为了别的孩子还得委屈自己的女儿。高中时，女儿喜欢在放学后看一会儿电视，缓解一下紧张了一天的神经，同时也换换脑子。我明知道女儿爱看电视，可是当我发现一个小男孩因为家境贫困而看不了电视时，就毫不犹豫地把自家的电视送了去。面对女儿的质问，我虽然有愧，但如果让我再一次选择，我还会再送一次。我劝女儿，少看电视才能把精力放在学习上。殊不知，女儿心中所想的却不仅仅是自己看不上电视，而是，如果自己考上大学走了，父母在家会不会孤单，没有女儿、没有电视的家，年过半百的父母该如何去打发一个个寂静的夜……

高考的那几天，别人的父母都是围着孩子转，可是我仍然是一心扑在工作上，每天早上5点多就出门了。有人问我就不担心女儿的高考吗？我自信满满地说，我相信我的女儿……

高考成绩放榜时，女儿如愿地考上了南京师范大学。我激动得满屋子踱步。坐在床边的女儿猜测着爸爸会如何夸奖自己，虽然已经长大了，可是作为女儿，不管长到多大，都希望听到爸妈的夸奖。可谁知，踱了半天步的我上来就一句话，我说，你看你爸多明智，把电视送给了别人，要不然你肯定还要分出精力来看电视，到时候可就不一定能考出这么好的成绩了。等着夸奖的女儿冷不丁听到我来这么一句话，不由得又想气又想笑。

女儿要去学校报到，我一遍遍地交代女儿路上要小心，东西要带好，到了学校缺了什么要及时和家里打电话……可是，我并没有像其他父母那样，跟着孩子到学校，帮着孩子将一切手续都办妥才放心离开，我只是将女儿送到了火车站，然后就又赶回去工作了。

编辑补记：

郭明义总是像个陀螺一样转个不停，不论是对工作、对工友、对认识的或不认识的人，他都竭力付出、超常付出。唯有作为一个父亲，他缺失了许多故事及场景。但是，随着年龄的增长，郭明义的女儿早已能够体谅爸爸的心了。小的时候，她会因为爸爸没有时间陪她玩而不开心，会因为没有自己的玩具而伤心，会因为没有属于自己的私人空间而心有所怅，但是，当她看到爸爸几十年如一日地努力着、付出着时，她也被那种精神所感动。她开始试着去理解、去体会爸爸的心理。相信他，支持他，做像爸爸一样的人。骨肉血亲，她相信自己的支持才是爸爸最需要的！

59 | 早上六点，我给“希望办”的人打电话

我的心系挂着贫困家庭的孩子，所以我总会在有意识与无意识时发现一些需要帮助的孩子，而且在发现之后，我总希望自己能够帮助他们。

一开始我资助的贫困孩子大都是从电视里、报纸上或人们的口中得到的消息。慢慢地，我不再满足于这种方式。我觉得还有很多在苦难中徘徊的孩子等待人来帮他们一把，而我以前的方式总是无法在第一时间向这些孩子伸出援助之手，至少我是这样认为的。于是，我开始找寻更为快捷的方法。没过多久，我得知“希望工程”的办公室里有贫困学生的档案，这让我的心里既心酸又高兴。心酸的是“希望办”里的贫困学生档案如此之多，高兴的是我有机会可以帮助更多处在困境中的孩子。

刚接触“希望办”的时候，我还闹了一个不算笑话的笑话，虽然这件事带着股傻气，可是“希望办”的工作人员没有一个人嘲笑我。我早上5点多就从家出发去矿里，路上，我就寻思着给“希望办”的人打个电话，让他们告诉我一些需要帮助的孩子的资料，最近一段时间我会很忙，抽不

出时间去“希望办”，所以我想通过电话了解一下孩子们的情况。其实，这是我最痛苦的时刻。“希望办”的工作人员告诉我，每300元就可以帮助一个贫困生，也许，你的一次帮助就可以改变一个孩子的命运。听到这句话时，我的心都要碎了。那些孩子需要的是那么少，如果我有能力的话，我希望自己可以帮助每一个我知道的贫困孩子，可是，我也只是一个普通人，一个在物质生活上普通得不能再普通的人。我可以支付一个300元、两个300元，甚至是几十个、上百个的300元，可是总有我付不起的那一个300元，总有我帮助不到的贫困孩子。选择资助对象就成了我不想做却不得不做的事情。那些在“希望办”备档的孩子一个个都很困难，可是我却要在这些困难的孩子中去挑、去选，这是多揪心的事儿……想着想着，我不自觉地拨通了“希望办”的电话。过了一会儿，“希望办”的工作人员接起电话后十分疑惑地问：“你是哪位？有什么事吗？”我收起伤心的感觉，跟“希望办”的人说：“我是郭明义，是想资助贫困孩子的，我想请你帮我找几个情况特别困难的。”“我们很感谢你这么有爱心，可是，现在才六点多，我们的工作人员现在都还没有上班，可能帮你找的资料不全。”电话那头的人不好意思地说。我这时才反应过来，现在还没到上班的时间。我也觉得有点儿不好意思，是自己太心急了，连忙跟电话那头的人道歉。

编辑补记：

后来，“希望办”的人都知道了这件事，虽然觉得郭明义做事有点儿傻气，但是更多的却是被他这种傻气所感动。“希望办”的工作人员对郭明义说，现在资助的人多了，孩子们的学费基本都有保障了，你少捐一点儿也没什么的。郭明义一听这话，心里不高兴了，他想，孩子们的学费有保障了，可是生活费呢？所以，他还是不听大伙劝地挤钱往里面捐。让孩子们过得好一点儿，自己再苦再累他都愿意……

60 | 小吃部老板成了我的跟随者

在我上班的路上，开着一家小吃部。门面不大，只有两间屋大小，卖的东西花样也不多，主要是卖馅饼，店里也只有老板一个人而已，并没有其他店员。但由于味道好，价格低，一块五就能买两个。来上班的矿厂职工都喜欢捎上一两个作为自己的早餐。可是我却从来没有买过，确切地说，我的每顿饭都是在家里吃的，从来不在外面买东西吃。

虽然没有买过小吃部的馅饼，可是路过小吃部的时候，总会跟小吃部的老板打声招呼，如果看到小吃部的人多而老板又招呼不过来的时候，我就会上去帮忙收拾收拾桌椅什么的。虽然做的都是小事，但是时间长了，小吃部的老板就请我免费吃馅饼，当然我会推说自己已经吃过饭了。

有一次，小吃部不小心失火，屋子里的桌椅毁坏得特别厉害。第二天早上，我在上班的路上看见了大火后的小吃部，就立马跑进去找到小吃部的老板，并对她说，有没有什么需要帮忙的？要不要我帮你组织募捐？小吃部老板看起来很感动。虽然她了解我的为人，也听过我助人为乐的事迹，也接受过我的帮忙，如摆桌子什么的，但那毕竟都是些小事或者是也可以发生在其他人身上的事儿。

后来，小吃部装修了一下，没过多久，又重新开张了。我仍然在每天早上上班的时候，跟小吃部的老板打声招呼，帮她收拾桌椅，张罗接待客人。在我看来，什么都没有改变，然而在小吃部老板的心里，似乎很多东西都变了。她不再将我的行为当成是一种随意的帮忙，而是认真地思索助人为乐的意义。

小吃部的老板经常在和我闲聊时，打听我的近况。如我又资助了几个学生、又帮了哪名工友之类的。我一听小吃部的老板问起这个，就很热情地给她讲。这倒不是我喜欢对人讲自己做过的好人好事，而是希望通过交谈，能让更多人了解到我组织的无偿献血队以及有关无偿捐献造血干细胞的知识，这样，就能呼吁更多的人加入这个行列，这才是我心里的“小算盘”。难得小吃部老板主动问起，我当然是“言无不尽”地给她普及这些知识。

后来，听得多了，虽然小吃部老板对我讲的知识并不能完全理解，但是她觉得像我这样毫无私心地帮助他人，其实也蛮充实蛮快乐的。所以，她也开始有种跃跃欲试的感觉。在一次闲聊中，她试探性地问我说，郭大哥，你说的那个造血干细胞，我能捐吗？我一听，又惊又喜。就对她说，怎么不能啊，只要你愿意，你随时都可以加入这个队伍！

就这样，小吃部的老板入行了。说不定哪天，她的造血干细胞也能挽救一个白血病患者，创造一个人间奇迹！

编辑补记：

了解得多了，小吃部老板开始从心里佩服起郭明义。原来，他将做好事当成一种本能、一种责任。只要人们有需要，郭明义就会尽自己最大的能力去满足，而他自己，除了获得精神上的享受以外，没有任何名利和好处。

61 | 夫妻双双加入遗体捐献志愿者俱乐部

每当我资助学生、帮助工友、帮助社区的人，爱人都支持我，默默地陪在我身边，在我累的时候给我说几句暖心窝的话，在我饿的时候给我做好热腾腾的饭……爱人永远是最懂我的人。然而，就在这一天，这个最懂我的人，生气了！

爱人是个很通情达理、也很有爱心的人。她尊重我的“爱好”。我不吸烟、不喝酒，唯一喜欢做的就是资助学生、帮助认识的或不认识的人。所以，懂我的爱人常戏称做好事就是我的“爱好”！还常说，你除了这点子爱好，什么都没有了，我怎么能不支持你呢！

我捐出了三台电视机，爱人也没有责怪我，家里没有钱买电视机，她也没跟我闹过脾气，最后是矿里领导把贴着“公共资源，不得送人”的液晶电视当做奖励送到我们家后，我们一家才重新看上了电视。而且，因为爱人是护士，所以她对无偿献血和捐献造血干细胞之类的知识比我要懂得多，因此对于我不间断地无偿献血和捐献血小板，爱人也没有反对过。但是随着年龄的增长，即使知道无偿献血对身体没有害处，还是不希望我再像以往那样不间断地捐献血液和血小板。可是每次和我商量这个事儿，我总是拍着自己的胸膛说，你看我这身体，不是好得很吗？有什么可担心的，而且你不也知道献血对身体有益处吗？怎么还会劝我不要献血了呢？爱人说，献血是对身体没有害处，可是你也不看看自己现在什么年纪了，像你这样献血，你身体里的血供得过来吗？我一听不高兴了，说，我每次体检的时候，都是连一个不健康的提示都没有，也没有贫血，你就不要担心了。我知道我现在50岁了，离献血的最大年龄也没有几年了，所以我才更要趁这几年的时光再多献点血，要不以后想献都没有人收了。一听我这话，爱人的脸一下子拉下来了，她说，我这不是为你的健康着想嘛，又不是不让你献，只是让你少献点，也不要每个月都去献血小板，你怎么就不听呢……然而，一直到最后，爱人的苦口婆心也没有说服我将献血量减少，血小板也还是一个月献一次。

更让爱人感到无奈的是，不但她没有说服我，反而在我的呼吁下，她在捐献遗体上签下了自己的名字。2010年，在我的发起下，鞍山市红十字会遗体（器官）捐献志愿者俱乐部正式成立。首批加入的志愿者有214名。其中有190多名是鞍钢矿业

遗体捐献俱乐部部分成员

公司的干部职工，另外24名是鞍山市民。这是我国国内目前为止最大的遗体捐献志愿团体。这些人中，有我的爱人，有妹妹、妹夫……女儿知道这件事后，当即眼圈就红了。女儿问我这事是真的吗？我说是。女儿又说，那我以后要是想你们了，连个哭坟的地方都没有，咋办？我平静地说，墙上不是有我跟你妈的照片吗？想我们了就对着照片说说话，我们就能听见……女儿说，我又不是三岁小孩，你这样说我就能不伤心了？我平静地说，人死了之后本来就没有意识，你即使对着我的坟哭，我不是也听不到吗？还不如把遗体捐献出去，也算是为人类做出自己最后能做的事吧！

编辑补记：

此情此景，令人潸然泪下。

62 | 组建爱心联队，我是队长

有人说郭明义“缺心眼”，因为他丝毫不为自己考虑，心里总是装着国家、装着齐矿、装着所有他认识的和不认识的人，用一种近乎苛刻自己的方式在付出着、奉献着，几十年如一日。然而现时下我没变，人们的眼光却变了，人们不再将我的行为当做缺心眼的表现，不再戏称我为“傻子”。人们开始理解我、开始亲切地称我为郭师傅或郭大哥，会热烈地响应我倡议的活动。在我看来，这就是付出所得到的最好的回报。2008年7月，矿里决定成立“郭明义敬业爱岗团队”。凡是加入这个团队的职工，只要矿里工作有需要，即使天气再恶劣也要随叫随到，以确保采场公路的畅通无阻。倡议一经发出，我所在采场的100多名工友，一个不落的全都报了名。我对他们竖起大拇指说，你们都是好样的！工友们齐声对我说，郭大哥，我们可都是冲着你来的！听了大伙儿的话，我的心里只有一个念头，那就是，大伙儿信任自己，我绝不能辜负大伙儿，我一定要做得更好。

两年的时光，“郭明义敬业爱岗团队”越来越壮大，不论上边交下来多艰苦、多重的担子，我都会和这个团队的成员奋勇向前，以一句“没问题”来消除领导心中的担忧，那种干劲，让领导们也都十分放心。

慢慢地，我的“野心”越来越大，我觉得组织了一个献血队，可以不用再担心血站缺血这个问题。但是，在其他方面还有很多需要大家一起努力的地方。比如资助学生和帮助社会上的贫困家庭。仅凭我一己之力去帮助人，受帮助的只能是其中很小的一部分。只有发动更多的人去帮助这些处于困境中的人，才能使更多的人接受帮助，才能让爱铺满整个天地。

于是，想要组织一个“爱心联队”的念头在我的脑海里越来越清晰，怎么挥也挥不去，我终于忍不住把它说了出来。大家当即都举手表决要加入我新组织的这个团队。最后，大家把这个团队的名称定为“郭明义爱心联队”，而我则被大家推为联队队长。我说，组织这个联队，只是想让大家都能多帮助一下那些有困难的人，至于这个队长，我怕我做不好，不如大家再考虑一下看谁适合当这个队长。大伙儿说，郭大哥，这个队长除了你谁当都不合适，不要说这里面好多人都是冲着你来的，估计这个联队成立以后，来报名的人也还是冲着你来的，如果你不当这个队长，那冲着你来的人心里会怎么想。我看着大伙儿殷切的眼神，心里颇为不平静。我想，大伙儿竟然这样相信我，那么我就应该更加努力为大家树立一个好榜样，更要走在这个队伍的前面才行。最终，我答应了担任这个联队队长一职。我跟队友们说，既然让我当这个队长，那么，大家以后一定要听我的，只要碰到有困难的家庭和孩子，我们就要不遗余力地去帮忙，去资助！大伙儿纷纷点头。队员们都是好样的，人人都感觉责任在肩，仿佛能够看得见皮肤下血管的涌动，仿佛能看见生命在眼前升华的光芒！

编辑补记：

以前，齐矿的工友们在聊天时，常常会开这样的玩笑。一名职工说，你们说一个你认为很完美的人来，让大家来评评他到底能挑出毛病来不能。接着就会你一言我一语地说出几个人名来，然后就不断有人能挑出这几个人不足的地方。唯独当大家提到郭明义的名字时，所有的人都沉默了。但是在大家的心里，却总是浮现出“傻子”和“缺心眼”这样的词儿。可是他们却找不到这个“缺心眼”的毛病来。

63 | 好哥们儿李树伟（上）

李树伟是我的老同学，只比我小了一个月。他跟我的性格不一样，他从小就敢闯敢干，性格也比较烈。

2004年，生意不顺的李树伟从外地赶回了鞍山，在家里待着。我知道这件事后，就到李树伟的家里和他聊天，让他放下心里的包袱，顺便劝他加入自己的“爱心联队”。李树伟说自己当时心情极度郁闷，除了钱对什么事都不感兴趣。我就对李树伟说，人这一辈子，不能只把眼睛瞄在钱上，那样能把你累死。李树伟说，我不把眼光放在钱上，那我把眼瞄在哪里？我扬了扬手中的表格，对他说，把眼睛瞄在这些东西上，你会过得很充足、很快乐，这跟金钱没有关系。李树伟看着我手里的表，就问这是什么表？我说，这是无偿捐献造血干细胞的报名表。李树伟一挑眉毛，说你想让我捐自己的造血干细胞啊，还是无偿捐献？我说对！李树伟说，我是商人，会干这种赔本的买卖吗？我说，你不就是因为赔钱了才回到这里来的吗？还说自己不做赔本的买卖，何况无偿捐献也不一定就表示是赔本的啊！那会得到什么好处？李树伟问。等你报了名我就告诉你。我幽默了一小下。

李树伟看着我手里的报名表，这位老同学跟我关系很好，是我的好兄弟，他很信任我，就报上了自己的名字。李树伟可能想不到，这只是一个开始。后来他就如上瘾一般欲罢不能。每天，我们在一起，他看着我忙着帮这个，忙着帮那个，去浴池洗澡我主动帮老人搓澡；家住五楼，每次下楼时不管是谁家的垃圾袋我也都顺手带下去扔进垃圾箱……李树伟说感觉做些好事儿也挺有意思的，至少比以前那种把时间都浪费在打麻将上面强。于是，他看见谁有需要帮助的地方，他也主动搭把手，帮帮忙。日子久了，李树伟的好事也做得越来越多，越来越大。一个又一个的300元钱从他这个“不做赔本生意的商人”口袋里转移到了那些贫困孩子的手里。李树伟以前那些喝酒吹牛的朋友看到他变成这个样子，都觉得不可思议，纷纷问他是不是受了什么刺激。李树伟脖子一扬说，我高兴！

李树伟的老婆看到李树伟每天做好事，心里也很高兴。她对李树伟说，你瞧你现在做的事多有意义啊，比你以前和朋友喝酒比吹牛有意义多了。需要钱我给你出钱，回家我给你做好热腾腾的饭……李树伟一听，也跟着乐呵起来。原来，因为他经常和朋友出去喝酒，老婆心里特烦这个，以至于每次李树伟的电话一响，他老婆就问他谁打的，干什么的。还经常从金钱上干涉李树伟，以减少他外出喝酒的次数。夫妻俩没少为这个生闷气。但是自从他利用业余时间做好事后，夫妻俩就不生气了。有时甚至我打电话过去，他老婆从来不多问李树伟，只说用钱吗？用钱我给你取。这让李树伟心里舒坦多了，他决定，以后就把好事越做越多，越做越大。做好事既能让心里充实起来，还能把小家弄得倍儿和谐，一举好几得呢！

64 | 好哥们儿李树伟（下）

李树伟渐渐不再满足于帮助有需要的工友、资助贫困学生这样的好事，而是想把助人为乐的“任务做大”，我们俩一合计，李树伟成了鞍山市第510号慈善义工，并且无偿捐献了自己的造血干细胞。但最让我激动的不是这个，而是李树伟在遗体（器官）捐献的报名表上签下了自己的名字，成为一名遗体（器官）捐献的志愿者。这让作为老同学的我心里很是欣慰，他自己更高兴。

成为义工的李树伟，要做的事就很多了。比如说，要让更多的人加入献血和献造血干细胞这个行列中来，就需要他们这样的义工上街去发传单，只有通过传单的方式才能让更多的人了解这些知识以及这样做的重要意义。可是，李树伟觉得上街发传单有些难为情，我说，我们又不是乱发小广告的，是呼吁大家献爱心的，你有什么不好意思的。

就这样，我们一起来到大街上，怀揣着一叠传单，看上去还真的像个发小广告的。虽然我们一直强调，不是发小广告的，可是大家还是有些难为情，因为从过往的行人眼中看到了嘲讽，这让李树伟心里很不痛快。他也知道自己做的是很有意义的事情，应该理直气壮，但是看到行人的反应还是让他心里不舒服。这个时候，他开始无比地佩服我了。他想知道，我当初是怎样从一个人孤军奋战到现在身后有一大帮追随者、支持者的。我付出了多少艰辛，承受了多少白眼和嘲讽，李树伟从来没听我提起过这些，因为我只记得越来越多的人加入了这个行列，从来不去记有多少人给过白眼，甩掉递上去的传单。可是，真的身处其境的人知道，那些白眼和嘲讽一定不少，可是当他看到我毫不在意别人的反应，只是义无反顾地发着手上的传单时，也变得坦然了。

几次传单发下来，李树伟不仅是尝到了白眼和嘲讽，也尝到了什么叫做失落，他发出去的传单不少，但是真正响应的人却没有几个。这让他觉得很失败，照这样下去，等到献血日的时候没有人来献血怎么办？不过，李树伟的担心并没有成为事实，献血日的这天，来了很多人，除了矿上的职工外，还有很多社会上的人，李树伟看到有些人明显就是在大街上发传单时碰到的。可是李树伟明明记得这些人当时并没有表示要参加无偿献血，甚至还随手就将传单给扔了，怎么现在又来了呢。心里想不明白的李树伟来问我，一问之下才知道，原来是我不甘心人们随手就丢了传单，于是一次次固执地将传单捡起来，再递到人家的手里，我的执著让很多人情不自禁地接住了递到手里的传单，也忍不住认真地阅读了上面的内容。最终忍不住跑过来献血了。

听完我的话，李树伟一拍大腿说，郭明义啊郭明义，我真是服了你了。我决定，后半生我跟定你了，你让我做什么我就做什么，跟着你绝对没有错！这就是我和朋友李树伟之间的相互支持、相互帮助。我们之间在助人为乐时没有彼此，只因为彼此协助，爱心才能真正发挥作用。李树伟说，有你这样的朋友，是我的幸运和幸福。

编辑补记：

爱是可以传染的。当它足够执著，足够真诚时，人们就对它没有免疫力。

65 | 我识穿了好哥们儿的诡计

自从2004年起，李树伟开始跟我一起无偿献血。随后，他也打起长期献血战。既献血，又献血小板。用他自己的话说就是，以前早上起来晨跑也没觉得把身体锻炼得多好，反倒是现在天天忙着做好事、献血，顾不上锻炼身体了，体检时身体却好得没话说。所以，李树伟认为，这好事还得做，血还得献。我想，一个没有大爱之心的人是没有这种境界的。

有一次，我说自己要去献血，就问李树伟去不去。李树伟一听是献血，当即就推掉了手上的活，要和我一块儿去。出了门儿，李树伟说，咱打车去吧，你昨天不是累了一天嘛。我说，我没事儿，还是不要打车了。他不甘心地说，你献完血不还得回来上班吗？坐公交车的话可没有打车舒服，你的身体吃得消吗？我抬头对着李树伟笑了笑说，我吃得消，是你吃不消吧，你昨晚上是不是又打麻将了？李树伟让我最后一句话弄得十分不好意思。其实我知道，他是平时喜欢打打麻将，过过手瘾，可是自从加入献血队和爱心联队后，他就很少再玩麻将了，估计昨天是敌不住朋友的苦苦相邀，才坐上了麻将桌。那种久违的感觉一时让他欲罢不能吧，并且很可能是坚持打到大半夜才散桌的。现在我问起，让他觉得自己像犯错误的学生被老师逮住了一样，有点担心和尴尬。可是我也是心疼他，我说，你适当玩一玩，放松一下也是应该的，只是不要再像以前那样沉溺在麻将桌上就行。李树伟点点头。末了，李树伟还不忘来一句，那咱们这次打车去吧，也就20块钱。我仍然摇摇头。李树伟没办法，只有再次迁就我了。

编辑补记：

郭明义与李树伟是一对相知相惜的朋友加战友。郭明义的心思李树伟太了解了，他知道郭明义为了省钱，宁愿走着去。如果非要乘车的话，乘公交车的花费是最少的，所以郭明义只会选择坐公交车。而打车需要花费的20元钱，在郭明义看来，可以够一个贫困家庭好几天的生活费，因此这车他是无论如何也不会同意打的。

李树伟还为我们讲述了献血路上的一段经历。李树伟很无奈地跟着郭明义上了公交车。找座位的时候，李树伟留了一个心眼。他拉着郭明义来到公交车的最后一排。他想，如果中途有老人上车，坐在前排的人看到后就不得不主动让座了，而不打算让座的就会像李树伟一样选在后排，这样就可以避免需要让座而不想让座的尴尬。可是，郭明义的做事原则往往出乎李树伟的意料。过了几站，公交车上人越来越多，而座位早已经被人占满了。这时，就见好几个老大爷拎着菜上了公交车，并且费力地在人群中挤着。郭明义一下子就站了起来，对走在最前面的老大爷说，这儿有座位。接着就看见这几个老大爷一手提着菜，一手十分熟练地推开挡在身前的人，三两步就走到了郭明义的面前。这些事都发生在一分钟之间，正坐在座位上养神的李树伟还没等反应过来，就见身边座位上换人了。他抬头一看，正好瞧见郭明义拿眼睛望着他，好像在说，你还不起来让座吗？李树伟做了一个耸肩的动作，然后无奈地站了起来。

下车后，李树伟忍不住对郭明义念叨说，那些老大爷都是早上起来晨练，回家时顺便捎些菜回去的，离家不会太远，在公交车上站一会儿没事的。而咱们昨天都干了一天的活儿，今天献完血还要回去上班，你就是不给他们让座也没什么的。

郭明义认真地说，这事儿一码归一码，班要上，血要献，座位也要让！

66 | 张毓春是我的“发小”

张毓春与我是“发小”，我们是邻居，可以说，我俩儿是一块儿长大的。

那一年，由于经济大气候的影响，齐矿开始大幅度精减人员，我也被分流到了矿内的劳务大队培训。这对于刚刚30岁的我来说，不得不说是一个不小的打击，但是我愿意站在齐矿的角度考虑问题，不想埋怨矿里，还觉得应该给其他被分流的同志做做思想工作。

那时候，张毓春也在被分流的人员名单中，他被安排到劳务市场劳动。刚刚20岁出头的他怎么也想不通，觉得自己遭受了不公平的待遇，一气之下，抄起两把菜刀就要去找矿长理论。我听说后，知道张毓春是一时冲动，他其实是个心地善良的人，我马上跑到张毓春的家中帮他做思想工作，一开始张毓春认定了矿里的裁员不公平，非要找矿里理论，无论我说什么他都听不进去。我就耐着性子一遍遍地给他解释矿里的难处，告诉他应该正确看待分流问题，然后，又跟他谈理想、谈责任，最终，我不懈的劝告使张毓春放弃了极端的念头。

随后，我们在劳务市场一起劳动。其间，张毓春努力调整自己的情绪，表现非常积极，被提前安排上岗工作。从重新上岗的那一刻起，张毓春就认定了一个道理，那就是做一个有崇高理想的人。

后来，我做好事的事情被大家传开后，越来越多的人开始向我学习，张毓春也积极响应我，并成了我爱心联队里的骨干分子。我组织献血队，他就报名成为一名志愿者，不仅参加了无偿献血，还捐献了造血干细胞。我号召大家捐献遗体（器官），他就和他的爱人一起成了捐献遗体（器官）的志愿者。

编辑补记：

张毓春说，郭明义小时候就被人们背地里称为“傻子”，因为他不论做什么事情都要认认真真地做，即使大家都在敷衍了事，可那里面永远也不会有郭明义；另外，郭明义做好事是从小的习惯，看到谁家遇到麻烦，他总是忍不住上前去帮忙，还不计较得失，时间长了难免就有时被人当做“廉价劳动力”来使唤。其实郭明义心里清楚得很，但是他不计较，也不在意。所以，在别人的眼里，郭明义就像个“傻子”。但是，就是这样一个“傻子”让发小张毓春打心眼里佩服他，愿意跟随他，做一个像他一样的人。

张毓春的儿子张衍博入伍了，临行前，张毓春多次给孩子讲郭明义的事迹，教育张衍博要向郭叔叔学习。张衍博听了父亲的话，心里也很是激动。在服役期间，他先后参加了无偿献血和为地震灾区捐款等献爱心活动。远在家乡的张毓春知道后，在电话里大夸儿子，还鼓励他以后要多做这样有意义的事情，像他郭伯伯那样，心里装着天下人，这样的人生才更有意义、更有价值！

67 | 56个民族的孩子都是一样的（上）

就在我们爱心联队的人数急速增加的时候，我突然发现自己长期以来忽略了一个问题，那就是，我觉得自己对少数民族的贫困儿童重视不够。那天，我从鞍钢集团矿业公司援疆干部刘芳的口中得知，在祖国的大西北一带，还有许多少数民族的孩子因为家境太过贫困而面临辍学的情况。

我知道后，心里十分难过，我知道在那些地方，经济发展还是很慢的，贫苦的人家还是很多。但是只要一想到那些孩子即将因为贫困而失学，我的心里就像被针扎了一样。后来，我又向刘芳询问了许多关于那些孩子们的事，最终明白，原来刘芳说的那些贫困孩子都是新疆喀什塔什库尔干县一所城乡寄宿制小学的学生。而那所学校的少数民族以塔吉克族孩子为主，占到全校总人数的98%还多。

经过多方查找资料后我了解到，塔吉克族是典型的游牧民族。他们的家就在草原上，哪里有草原，哪里就是他们的家，因此，他们常常居无定所、四处漂泊。他们那里没有门窗，只有用布支起来的帐篷“房子”，房

郭明义收到的部分感谢信

子的高度只及一个成年人的身高。他们那里不通电，水也很缺，条件特别艰苦。我看到这些资料后，心里十分难过，觉得塔吉克族人的生活太困难了。然而，让我更为心痛的是，塔吉克族由于生活条件困难，大人们疲于生计，没有心思考虑孩子的上学问题。往往要政府部门的工作人员翻山越岭到他们的家中，告诉他们孩子上学是免费的，而且只有让孩子念书才能改变他们的命运，才使得很多塔吉克族儿童得以上学。

孩子的父母虽然同意了让孩子去上学，但是他们的家往往离学校非常远，孩子从家里到学校这段路要怎么走也是个难题。因为他们那里仅有的等外公路没有办法行驶小型机动车辆，只能季节性地通毛驴车。因此，孩子们要去上学，交通工具是指望不上的，只能靠自己的双腿，翻山越岭，跋山涉水，历尽辛苦才能到达。到达的时候，孩子们往往早已经疲惫不堪。让接他们的老师都心酸不已。

上一次学这么不容易，那么回去一次也十分不容易，好在学校是寄宿制的，而且考虑到实际情况，即使放假学生们也可以住在学校里，这样孩子们就暂时不用担心回去的事。所以，许多塔吉克族的孩子，往往在学校里一住就是几年。他们不是不想家，而是回去一次太难了。他们没有电话，家乡也没有邮局，即使有邮局，他们也没有钱去邮寄，所以，思念就如荒草一样在心里滋长，却得不到慰藉，他们想念父母、想念家乡时，只能靠自己回忆。想到城市里的孩子上寄宿学校时，一星期不回家，都要让家里的人担心死，那远在大草原上的塔吉克族父母心中的担忧，该有多大该有多久……没有人知道，就因为他们远在大草原，知道他们难处的人很少，向他们伸出援助之手的人，则更少！

68 | 56个民族的孩子都是一样的（下）

我除了了解到塔吉克族学生念书不容易、去学校不容易外，还了解到他们在学校的生活也非常不容易。因为家里条件困难，父母往往都凑不够孩子在学校里的生活费，加之塔吉克族的孩子们常常几年回不了一次家，所以，住在寄宿学校里的塔吉克族孩子连最起码的花销都无法得到保障。

知道了这些以后，我再也坐不住了。一直以来，我都把孩子看做是祖国的希望，祖国的未来，当然包括少数民族的孩子。所以，我要帮助他们，不能眼睁睁看着他们挣扎在荒凉的大西北，而无动于衷。我当即向爱人申请了一笔3000元的助学金，打算资助这些受苦的孩子们。爱人听了描述后，也红了眼圈，二话不说就从家里取了3000元给了我。我在心里计算过，资助一个孩子需要300元钱，那么3000元钱只能资助10个孩子，而在这所寄宿学校里念书的塔吉克族贫困孩子有100个，我一个人只能资助十分之一。我想到了爱心联队，马上将联队的志愿者们都组织到一起，给他们讲塔吉克族儿童上学的艰辛，讲少数民族和汉族是一家人，他们的孩子和我们的孩子一样，都应当受到社会的关心和帮助……最终，在大家共同的努力下，短短半个月的时间，就有110名志愿者报名，要捐助这100名塔吉克族孩子。而这110名志愿者里，包含了3个集体和70名个人，共筹集善款3万元人民币。

钱筹集好后，我想坐车去新疆，亲自将这些钱交到那100个孩子手里，因为我听说，这100名孩子中，有56名都是孤儿，他们的生活比一般的塔吉克孩子还要苦。所以，我想从精神上鼓励他们、安慰他们；想要他们知道，即使他们远在大西北，祖国人民还是会把他们记在心里，关心他们、帮助他们。可是我临时有事，无法去新疆，这让我心里有些遗憾。最后，由两名爱心联队的成员将筹集到的善款亲自送往那所远在新疆的一个县城的寄宿制小学。当那两名代表赶到学校，亲自将钱交到100名塔吉克族孩子的手中时，那些衣着寒酸的孩子眼里闪烁着的纯真和希望，让那两名代表情不自禁地流下了眼泪，他们想，不论是谁看到这样一双双渴望读书的眼睛，都会毫不犹豫地主动资助他们，让他们有机会能憧憬未来、展望未来……

孩子们为了表达对志愿者的谢意，还特意跳起了象征吉祥的鹰舞。虽然我没能看到，但是那两名代表在见到我时，详细地向我讲述了孩子们拿到钱时的喜悦和兴奋。他们告诉我，那些孩子们用稚嫩的语言描述着这300元的用处，孩子们说，300元，可以给家里买些面粉，给家人买些必需的生活品，还可以给自己买些本和铅笔等学习用具；孩子们说，很感谢这些好心的叔叔阿姨，是他们让我们有了安心上学的机会，是他们给了我们希望，所以我们要好好学习，用实际行动去报答他们……听了两名代表的转述，我的眼是红的，心却是满足的。我觉得，爱心联队志愿者们达到了自己想要的目的，我们不仅仅是要在物质上资助那些贫困的塔吉克族的孩子，更是要让他们坚信困难只是一时的，希望却是永远的，以后，将会有更多的好心人去关心他们，帮助他们，而他们要做的就是好好学习，做一个对社会有用的人。而这些，孩子们都已经领悟到了，所以，我很欣慰！

编辑补记：

五十六个民族，五十六朵花。每个民族的孩子都是需要用爱心精心呵护、浇灌的小花蕾。郭明义所为，彰显了一个有当代公民精神的“大国民”的高尚情操。

69 | 一副手套和三对眼角膜

我喜欢做好事儿，喜欢帮助人，更喜欢身边的人能一道做好事、帮助人。但是，我从来没有强迫别人一定要做好事，一定要像我一样把家里的电视机捐了、把自己的自行车捐了。因为，我觉得这是一份心，如果是被强迫的，那么这份心意就不纯了，就没有意义了。所以，不论是跟随我做好事的人还是爱心联队里的成员，都是大家由衷地想去做好事，自愿加入这个行列的。

然而，令人奇怪的是，我呼吁或发起的爱心活动总是有很多人参与，而和我一起组织活动的队友往往是没有我号召的人多。有人私下里问我是不是有什么诀窍，我笑笑说，诀窍嘛，有啊，就在平日的生活里。问者以为我在开玩笑，其实我说的都是实话。因为我平时就是从一点一滴的小事中去关心他人，帮助他人，做得多了，那些人看在眼里，自然就记在了心里，等到我发起活动时，哪能不积极主动参与呢！

单位旁边有个门球馆，专门供已退休的老头老太太们娱乐休闲时使用。一般人有一个通病，那就是，对孩子可以无微不至地关心、爱护，对老人却做不到这一点。其实这是错误的。老年人也需要关心、需要爱护，否则，他们一样会感到孤单和寂寞。我就感受到了这一点，所以，平时路过门球馆的时候，总爱跑到里面和正在打门球的大爷大妈们聊上几句，关心一下他们的身体状况和心理状态。时常给他们说些笑话，开导他们，帮助他们调整心情。这让那群大爷大妈们心里很高兴，他们都十分喜欢和我一起聊天。

后来，我去门球馆的次数多了，双手就闲不住了。看见有什么活，就抢着做。那些大爷大妈们就不让我做，我却非常执拗，坚持要做，我说，你们都是上了年纪的人，劳动中容易受伤，还是让我做吧。就这样，我夏天帮大爷大妈们平整门球场地，冬天帮他们扫雪。这样干了4年，常在门球馆里打球的老头老太太们也玩得很开心。

2009年冬天的一天，我早上办事经过门球馆，像往常一样跑到里面和那群大爷大妈们打声招呼，问他们有什么需要帮忙的地方没有。大爷大妈们齐声笑着说，没有没有，我们都好得很，你快去忙吧！4年的时间，让他们了解到我是一个忙碌的人，每天总像个陀螺一样来回奔走。所以，我知道，他们也很心疼我。

听了大爷大妈们的话，我本来打算离开。就在这时，我看到一位正在打门球的老大爷没有戴手套，一双手在寒风中被冻得通红。我赶紧摘下了自己的手套给了这位老大爷，说，这么冷的天，打门球不戴手套怎么能行呢！那位老大爷连连推说不要，不过敌不过我的热情，最终那双手套套在了那位老大爷的手上。这些大爷大妈有很多人后来成了我们爱心联队的成员，并且三位老大爷还签下了角膜捐献志愿书。

编辑补记：

待郭明义走后，这位老大爷问，这人是谁啊，这么关心别人？另一位老大爷说，你还不认识他吗？就是那个有名的郭明义啊，他有爱心是出了名的，光为咱门球馆义务劳动就劳动了4年呢。其他的老头老太太一听，都纷纷响应说，是啊是啊，真没见过比他还真诚、有爱心的人了，听说他最近在号召大家捐献眼角膜呢！不过，我们对这些东西都不理解啊！不知道能不能帮上他的忙。

那位戴着郭明义手套的老大爷一拍大腿，说，既然他就是那个郭明义，那他号召的事绝对错不了，我们要支持他，回头我就捐献眼角膜去！另外两位老大爷听后，也热血沸腾，立马表态说自己也要去捐献眼角膜。就这样，三位老大爷相携着走进了齐矿的办公室，通过办公室的工作人员找到了郭明义，向他表达了自己要捐献眼角膜的想法。这可把郭明义乐坏了。他立即联系了红十字会，并带着这三位老大爷到那里签下了捐献志愿书！

这就是郭明义做事的诀窍，只要你用真挚的情感和满溢的爱心去呼唤更多的爱心，那么你也能像郭明义那样，号召更多人来参加爱心活动！

附录

文学作品选

七月颂歌

七月，火红的日子，神圣的时刻。党啊，亲爱的党，我的母亲，今天是您的生日。您的儿子带着祝福，用长江的胸怀，黄河的波涛，奔腾的钢水，火红的矿石，向您敬礼！

向您敬礼，这是来自心底的声音，在这庄严的时刻，我又怎能忘记您啊！

党啊，亲爱的母亲，站在您的面前，我久久地凝望着您，想着您，念着您，恋着您，我将终身都给了您。

用喜马拉雅山的博大、雄伟，用西部船工号子般粗犷的、嘹亮的歌声，用矿工汉子那颗跳动的、滚烫的、赤诚的心，来歌唱党！赞美党！

是您给我力量、给我生命、给我智慧，给了我生存的勇气和创造的动力。

在我的身体里，流淌着的是您的血液，我要为您的事业而沸腾，为您的目标而奋斗，为您的利益而献身，为您创造一个新的世纪。

七月里，您常常在讲述一个古老、富有传奇色彩、永恒的故事，使我常常落泪，难以忘怀。请您不要再问我，为什么眼中常含泪水！这是因为我不论在想什么、在做什么，都对生我、养我的亲爱的党，爱得如此深切，这种感情难以割舍，终生相随相伴，直到永远。

啊！七月，您是一把镰刀，去收获金色的秋季。您是一把铁锤，砸碎锁链，开启智慧的大门。您是一座丰碑，永远矗立在祖国大地，光辉闪耀，真理永驻。

七月是信仰、是力量、是希望！

七月是激情的岁月，是生命燃烧的岁月，是喷薄欲出的太阳，是大地的欢歌笑语，是辉煌的时刻，是矿工们迸发青春活力和奉献激情的时刻。

七月的歌最甜美，声声寄深情。七月的花最鲜艳，鲜花献给党。

七月的人们尽情欢歌，让我们站在矿山的采场上，敞开矿工那宽广的胸怀，放开矿工那金子般的歌喉，尽情地歌唱吧！——“唱支山歌给党听，我把党来比母亲，母亲只生我的身，党的光辉照我心！”用豪迈的歌声来抒发对党的无限爱意——“党啊，亲爱的妈妈。”用沸腾的热血把歌唱——“共产党好，共产党亲。”用火热的激情，歌唱党，歌唱伟大的祖国。

七月又是一首深情的歌——“妈妈教我一支歌，没有共产党就没有新中国。”这支歌伴随着我，走过山山水水，伴我度过无数个不眠之夜。

七月的乐章，在钢城、在矿山奏响。在高山、在大地上闪烁。

七月的汗水，流淌在矿工的脸上，伴随着汗水，默默地收获着沉甸甸的生命果实和梦想。

七月的歌，唱得最响啊！

七月的汗水流得最多！

七月的硕果累累，七月的大地生机勃勃！

欢呼吧！歌唱吧！

七月里，唱给党的颂歌，在祖国蔚蓝的天空上响彻，在祖国大地的上空，乘着歌声的翅膀飞翔！飞翔！飞翔！

父爱如春

父亲离开我已有四个年头了，而父亲的音容笑貌却时时温暖着我，激励着我。从小到大，父亲那用心、用爱培育关心着我的每件事，总是记忆犹新，时常浮现在我的眼前。

我很小的时候，正赶上三年自然灾害。父亲拖着瘦弱的身体，省着自己不吃的包米面，一点点地喂我长大。说实在的，父亲年轻的时候，不但承担着家里的生活重担，还要照顾奶奶和三个叔叔的生活。因为爷爷过早地离世，父亲作为家里的长子，提前参加工作，为养家糊口，日夜操劳着。

我的父母结婚后有了我，家里有了欢乐。而父亲这个时候，也把希望、把未来寄托在我的身上。父亲在生活中勤俭持家，用节省下来的钱给我买学习用品、购买书籍。正当我如饥似渴地坐在课堂里学习文化时，开始了“文化大革命”，今天学工，明天学农，接受再教育。

初春的一个夜晚，白天到工厂参加生产实践，劳累一天的我，坐在灯下，温习着一周没有上课所丢下的课程。不知什么时候，父亲来到了我的身旁，说道：“儿啊，父亲这辈子苦就苦在没有文化上，连看上一段报纸都要费好大劲。父亲有生之年就想能看到你掌握一些知识，为老爸争一口气。”

父亲停了停又说：“不要管社会上刮什么风，搞什么运动，你要掌握一些文化知识啊！”望着满眼都是期望的父亲，我使劲点了点头，并暗暗地下决心，白天没有时间，利用业余时间学习文化知识。

部队复员后，我上了“夜大”。有一天，天下着大雪，风也特别大，在骑车回家的路上，凛冽的寒风夹着雪花，打在脸上火辣辣的疼，从夜校到家有10公里的路程，由于路滑，我一不小心，连人带车撞到了马路牙子上。车坏了，人也瘸了，无助的我坐在地上恐慌得不知所措。就在这时，从对面走过来一个熟悉的身影，我一眼就认出来了——我的父亲。我丢下书包，扑到父亲的怀里竟哭了起来。父亲抚摸着我被冻得冰冷的头和手，劝我别哭了：“我来接你回家！”

“为老爸争口气”，这句话伴随我走过了风风雨雨、坎坎坷坷四十多年的学习、工作、生活的历程，不论是在白雪皑皑的北国军旅生活中，还是在参加工作后顶风冒雪上夜校。在成长的岁月里，我洒下汗水，也学到了本领。

父爱如春，父亲的身影、父亲的教诲，似春风抚爱我一生，今生今世永难忘怀！

对社会无私的奉献是对父亲最好的回报

母亲做的玉米饼

在黑龙江林海雪原部队服役的5年里，经常想到的是家乡，是母亲。

不论是在三江平原上风驰电掣般的拉练训练，还是在大雪纷飞的兴安岭执行作战训练任务，一天下来浑身感到疲惫的时候，站在营房外的小树下，仰望朦胧的夜空，想到的却是遥远的家乡。家乡的母亲，家乡的明月，还有家乡的小河，特别是母亲做的玉米饼。

风雪飘摇的夜晚，睡梦中，我时常被战友推醒："啊，你又想家了！又想要你母亲给你做玉米饼啦。"是呀！我忘不了呀！此时此刻，仿佛又闻到了母亲做的又香又脆、泛着金黄的玉米饼，仿佛见到了母亲。

在那缺粮少物的年代里，能吃上母亲亲手做的玉米饼，真是一种幸福。也是在那个年代里，由于肚子里缺少油水，常常有饥饿感。放了学，玩累了，跑回家，伸出一双脏脏的小手，说："妈妈，我又饿了！"母亲用深情的目光望了我一眼，赶忙去揭开盖在炉台上的木质大锅盖，吹散锅里冒着的热气，揭下一个在大锅四周贴的玉米饼，递给我。我闻到这诱人的香味，已等不得洗手，接过来就咬一口。"又甜又香，真好吃！谢谢你，妈妈！"拿着饼，掉头就又同伙伴玩去了。

母亲贴的玉米饼，是用自家种的玉米做成的。晒干后，用古老的石磨磨成面。母亲的玉米饼伴随着我，度过了美好的童年和少年时光。

现在，我已回到家乡多年。家乡发生了巨大的变化，百姓生活也正向小康迈进。鱼、肉、蛋、面粉、大米，每天都能在餐桌上见到，但母亲做的玉米饼，却让我难以忘怀。

今年过年，60多岁的母亲亲手给我们做了一顿玉米饼。嚼着玉米饼，回忆家乡过去的艰难岁月，享受着今天的美好生活，从内心流淌出对家乡、对祖国的热恋之情。

放歌矿山

坚实有力的双脚
踏遍了矿山之路
粗犷淳朴善良的心声
融汇成了腾飞的音符
感受到了祖国母亲的微笑和心跳
创造开拓奉献青春无悔无怨
矿工们用智慧的双手
捧出一曲曲奉献的颂歌
——题记

我的家住在矿山脚下，小的时候跨出家门就爬山。看到矿山，也看到了爸爸。沸腾的矿山，迷人的矿区，可爱的矿工，留下我的梦，我的爱，我的歌……

矿山，让我为你唱首歌："咱们工人有力量。"唱着这首歌，踩着这首歌的节拍，穿上了爸爸的工装，入矿当上了一名矿工。迎着东升的太阳，披着金色的晨光，行进在矿区的路上，鸟儿歌唱，小草跳舞，树林奏乐，樱桃满树、满山，红得像火。

矿山，你同共和国一起成长，同歌声一起唱响。一次次听到你的旋律：激动啊！呐喊啊！腾跳的音符，滑动的弦线，却是我梦里的一次次呼唤。

矿山，我歌唱着你。听着你的述说。我赞美着你，沐浴着你的辉煌。你一次次拉紧我，靠近我，我才发光发热。我是你的儿子，我吸着你的乳汁长大。你给我力量呀！面对着沸腾的矿山、沸腾的血液。我为你而激动，而兴奋，而欢呼雀跃，谁又能说这不是真情的流露呢？

矿山，我用诗去读你，用歌去唱你，赞美你、感激你、颂扬你。我用血去说你、看你、恋你。我属于你呀！你给我的太多、太多，留下美好的记忆。

矿山，我热恋的故乡，我用鲜花去打扮着你，在你粗犷的脊背上，留下圣洁的吻。我爱你呀，你是生命运动的果实。你发光发热，你激情似火，有了你，才有我的生命和梦想。你总是给予我，有留恋、有忧伤，但更多的是创造和希望。岁月的容颜，留下了刀劈斧砍的痕迹。你是大山的痕迹，你是火山的痕迹，你在火山喷发中诞生，你是地球运动的轨迹。

这一支支雄浑的歌
这一首首永恒的歌
为奉献者为劳动者唱响
为沸腾的矿山奏响
走进火红的时代
走进火红的矿山
矿工用手臂托起了明天的太阳

我爱你呀！矿山，我真的爱你。十里矿山，百里钢城，留下了："爱厂如家、无私奉献"的老英雄孟泰；"助人为乐、无私奉献"的伟大的共产主义战士雷锋；"走在时间前面"的老模范王崇伦；"用爱、用深情，爱岗敬业"的鞍钢劳模刘桂云；"用自己的智慧，视设备为生命"超产创效益的鞍钢劳动模范李征服；省"五一劳动奖章"获得者，在火热矿山作贡献的陈雷，将自己的青春献给了他所爱恋的矿山，在我们相识中，他说过这样的话："驾驶一台价值上千万元的电动轮汽车，我体验到了一种从未有过的自豪、庄严和神圣。"

默默里、平凡里，一种理想、信念和追求仿佛永久地伴随着我的生命、生活和工作，与生命、与矿山相依相随，难以割舍。他们的生命力极强，他们那执著的意志、精神，蓬勃向上的活力，永远向前，锐不可当。

矿山，我是你的儿子。你哺育着我，爱恋着我。不管我走到哪里，我都惦念着你呀——矿山，我的故乡。年轻时的初恋，长期的吟唱，永不感到疲惫和厌倦。

矿山，你是一条流淌的金河，满山、满树、满道、满坡，树上、花上，满眼的金黄。流动的音符，流泻的心弦，流淌的山泉。

洒满阳光的采区路上，遇到了一位矿工，唱着“咱们工人有力量”、“矿工之歌”。

听着听着：突然，电铲司机、钻机司机、平路机司机、推土机司机、电动轮司机不再沉默，随声高唱。装车、开钻、刮道、唱歌。高亢有力的歌声，那熟悉的曲调，优美流畅的旋律和气势，汹涌澎湃，一泻千里。今天又干了10万吨。

劳动者的情怀
奉献者的胸怀
勤劳的双手
捧出块块乌金
献给祖国
献给大地
咱们工人有力量呀
嘹亮的歌声回响在十里铁山百里钢城

看，采场内，干得红火，做得热火，红红火火，热火朝天，一派繁忙，生机勃勃。

站在这里，望着忙碌的采场，似在梦里，我便听到那隐隐约约、声声久违的发自心灵的呼唤，仿佛又触摸到了那热泪涟涟的我的故乡——矿山。

大山的儿子——矿工。我没有快乐，你的快乐，就是我的快乐。我为你唱支歌，以解除你一夜的疲惫，拂去你一夜的风尘，为你困倦的双眼，注入一片春的亮色。五月的花海，用青春拥抱时代。初升的太阳，用生命点燃未来。

矿山——让我为你唱首歌。矿工用一双巧手，描绘矿山五彩的路。

讴歌人生吧，热爱生命吧！我用心为你歌唱，用血去抒发你燃烧的情怀，默默地收获着沉甸甸的生命果实和梦想。

矿山——我为你而流汗，汗水伴随着岁月丰收的喜悦而流淌。珍惜你的存在、你的感觉，用心去体验、用胸怀去容纳、用歌声去抒发你心中酝酿的爱。你久酿的情感，一夜之间站立起来，那么热诚、那么漂亮、那么开心、那么执著，勇敢地面对弥漫的风沙和狂风暴雨。战胜它，显示你的崇高和伟大。

歌如海花如潮
开花的岁月总有憧憬与浪漫梦幻
漫步矿区哼着小曲唱着甜蜜的歌
歌唱矿山
歌唱矿工
歌唱美好
青春的季节青春的矿山有风有雨相依相伴
藏在心底的歌终生吟唱永不老

矿山，你总是望着我，寻找那初恋的感觉，寻找那辉煌的一刻，留下你深情的祝福。

矿山，你献出的是“金子”，就像大海献出珍珠，矿工献出汗水。五月的矿山，献出了花朵般的矿石，来装饰你，遮掩你，使你更加珍贵美丽。

矿山美，最美的是那矿山的山和水。风在矿山轻轻地吹，水在矿山轻轻地流，鸟儿在矿山轻轻地飞，枣树、杏树、李子树、蒲公英在矿山轻轻地唱呀！

最美是那矿山的歌声飞，柔柔的歌，柔柔的情。矿山美，最美是那矿山的人和水。矿工的笑最清脆，伴随着歌声飞，奉献出矿石和汗水。

五月的太阳，火红火红的，矿山洒满了霞光，矿工那黝黑脸膛，在金色阳光的映照下，显得多么豪迈。

珍惜时光

当时光从身边划过的时候，也许，我们不加留意，轻轻地让时光溜去。

在时光的季节——丰收的日子里，我们又为一无所获而感到沮丧，哭泣。

同志，我亲爱的朋友！请伸出你的双手，抓住时光吧！用你智慧的双眼，捕捉美好的瞬间，用你知识的大脑，填补时空隧道的空白；用你百倍、千倍、万倍的努力和付出，饱蘸生命的汗水，谱写出一曲曲壮丽的人生颂歌。

有人常问我："时光是什么？"我的回答是："日升日落。"当鲜红的太阳冉冉升起的时候，矿工们走在洒满阳光的矿区路上，哼着平时喜爱的流行歌曲；伴随着时光的流逝，矿工们流下的是汗水，收获的却是一车车乌黑锃亮的矿石。

"时光是什么？"是"驻守祖国边境站岗放哨的战士"。

烈日炎炎，弥漫的风沙，大雨滂沱，冰天雪地，斗转星移，战士们奉献的是青春、热血，得到的是祖国的安宁，人们的幸福。

"时光是什么？"是"白衣天使"。

微笑、耐心、娴熟的技术，带着春天般的温暖，使备受病痛折磨的患者，感受到了生命的可贵，增添了战胜病魔的勇气。

人们时常谈论时光的短暂。可是，美好的时光，就在你眼前，你身边，你熟悉的办公室里，你的设计里，你每天都要做的工作里，还在你坚韧不拔的拼搏里！

时光又是一面镜子，映照出每个人的人生履历，酸甜苦辣，有人欣慰，有人暗自落泪，有人平静，有人手舞足蹈。穿过时光的隧道，我们或许年轻，或许年迈，我们应扪心自问：究竟为这生存的时光空间，做了些什么？

时光又是一位老人，它毫无情意地告诉你，你失去了什么。然而，它也能庄严地容纳你，呈现出了人间的真善美、假恶丑……

常被感动

坐在车里，看到在弥漫着爱的气息的车厢里，年轻人给抱着孩子的妇女、给颤颤巍巍拄着拐杖的老年人让座的时候，我常常被感动。

当年轻的消防官兵，置自己生命于不顾，冒着浓烟，冲进火海里，抢救人民生命财产，扑灭大火时，他们将自己灿烂如鲜花般的生命，微笑着，幸福着，融化在蓝天里，烈火中，大地上。而成千上万的人民群众，流着眼泪，争先恐后去看望他们时，我深深地被感动了，失声痛哭起来。

当航天英雄杨利伟乘坐的神舟五号宇宙飞船在太空遨游、俯瞰淡蓝色的地球时。这时，我真真切切地感受到了生命的庄严、神圣。我为我能生长在这片热土上而感到骄傲、自豪。感动的泪水夺眶而出。

我常被感动。在爱里、在梦里、在情里、在歌里。有时，我真不知道在阅读哪篇文章，哪本书上的哪句话，哪个人的哪个故事时，会触动我的感情。我又被感动了。

一天，爱人拿出了我们初恋时爱的使者——我给爱人写的信。看着爱人专注地、用心地，读着珍藏了18年的这些泛黄的信件时，我经常对爱妻说：“丢了吧！那是过去发生的事情，不用老去想它啦！”爱人用她那双纯情的大眼睛，深情地望了我一眼，固执地、轻轻地对我说：“不，坚决不！”接着她说出令我终生难忘的一句话：“爱，是不会被忘记的！”是啊！我又何尝不被自己身边默默无闻的，随着时光、岁月的流逝，而在自己脸上留下了皱纹的爱人感动了呢！特别是在我工作中出现差错，心情出现忧虑和苦闷，对此懊恼不已时，爱人不顾自己工作上的劳累，生活上的艰辛奔波，把自己的爱和微笑带给了我和女儿。这又怎能不令我彻底地、毫无保留地被感动了呢？而这种感动却激励着我、影响着我，去追求、去拼搏、去奋斗！

“爱，是不会被忘记的！”爱人到今天还把年轻时爱的冲动的话语，留在身边。这也许是因为爱的承诺的缘故吧！在时光的隧道里，它将会走

多远。它是否能经受得住风吹雨打，顶住磨难，历经坎坷地去度过春天的田野、寒冬的孤寂、秋天的浪漫，还有那夏日的炎热。它还是随着时间流逝，化做一片云彩，随风飘散。它还是扎根在肥沃的土地，去生根、去开花、去结果。

如果这永恒的、令人感动着的爱，叫人忘记的话，那么，在这个世界里：爱情将宣告死亡！太阳将永远不再升起，大地将一片沉寂！

又有谁愿意看到这样的结果呢？回答是肯定的："没有人愿意。"

在洒满阳光的时空里，人们不都是在感受着阳光的温暖，心灵的呼唤，爱的奉献吗！

人们每天、每时、每刻不都是在被发生的爱的故事而感动，而流泪吗？而这种感动和流泪却是在不被人们所熟知的每个角落、每一刻，悄悄地、静静地发生着，发生着……

感受生命

感受阳光，感受温暖，感受自然，感受生命。

我一次次地问自己：生命究竟对我意味着什么？是我面对失败后的哭泣，还是成功后流下的喜悦的泪水，还是不经意的瞬间流逝？

有人，终身辛劳，没有鲜花、掌声。在人们不知晓的某一时刻，轻轻地、静静地离开了他所爱恋的土地，这是平凡的人生。

也有人劳其一生，洒下了饱蘸生命的汗水，用百倍、千倍、万倍的努力，用生命中最鲜红的血液，用心，品尝生命的果实，书写着辉煌的一生，在人们前进的道路上竖起了一座丰碑。

热爱生命吧！

热爱人生吧！

感受阳光的同时，也使我从一件件小事上，悟出了生命的珍贵，自然的美丽，以及生命中感受到的阳光般的温暖。

春节期间，市政府设立的贫困救助热线，使生活中，不为人知的较为贫困的家庭，享受到了阳光般的丝丝点点的暖意。而全市千万元的捐款，似雨露，似甘泉，似春风，使人们在生命的旅途中感受到了阳光灿烂的日子，体会到了生命的魅力和温馨的感觉。

捐款者与接受捐款者，都接受了人生的庄严的洗礼，享受着美妙的神圣的乐曲所带来的愉悦。

这亲情、友情、乡情、胞情、爱情，不正是构成了生命中的交响乐吗？使人们长久吟唱，永不感到疲惫和厌倦。

感受阳光，感受温暖，感受自然，这些都是生命中不可缺少的。生命对我们个体来讲，只有一次，可这一次次的呼唤、一次次的渴望，失败、挫折、抱怨、沮丧，在鲜活的生命面前，都显得是那样的苍白无力。

阴雨缠绵的日子，狂风暴雨的季节，风沙弥漫的夜晚，终将被阳光所温暖，被自然所融化，呈现出生命中最靓丽的底色。

十月的矿山

金秋十月的矿山，很美。

十月的歌最甜，十月的诗最美，十月的鲜花最迷人，十月的鸟儿最多情，十月的天空最绚丽，十月的阳光最温暖。

我漫步在洒满阳光的矿山宽广的道路上。矿山那迷人的风光，那湛蓝的天空，那灿若鲜花、带着微笑的矿工，深深地吸引着我。

看吧！一辆辆电机车、一台台电动轮，满载着金色秋天丰收的果实，带着希望，带着爱恋，飞驰在金色的矿山上。

一台台电铲扬臂高歌、一台台钻机矗立起高高的井架，手触蓝天、脚踏群山，和着春天的圆舞曲，舞蹈着、跳跃着。

矿山的守望者——鸟儿、雁儿像纯情的小姑娘，迟迟不肯离开它所生长着、热恋着的故乡——矿山，带着小宝宝，向南飞翔，却一路欢歌，飞到了它所熟悉的矿山小河旁。

阳光灿烂的十月矿山。我赞美你博大的胸怀、炽热的情怀。你同祖国一起成长，共和国赋予了你强大的生命力，使你迸发出青春的活力与激情，在祖国大地上，默默地奉献着光和热。

矿工们高大挺拔的身躯，矗立在祖国的大地上，释放着自己的能量。他们用汗水、热血，去温暖大地、去创造奇迹。

听吧！丰收的锣鼓敲起来了！电动轮、电机车、电铲的喇叭吹起来了！庆功的酒杯举起来了！欢乐的舞蹈跳起来了！推土机司机、平路机司机、计量工，伴随着鼓乐声、喇叭声，尽情地挥洒着自己的汗水、热血。矿工们度过了一个又一个不眠夜，创造了一个又一个高产奇迹。

啊！矿工。用自己勤劳的双手，捧出了金光闪闪的矿石，献给了祖国、献给了母亲。矿工用自己的青春热血，用自己的无穷智慧，奏响了这时代的最强音——奉献的颂歌。

一位年轻的矿工，穿上了爸爸洗得发亮的工作服。踏着金色的晨光，一边走一边哼唱着，唱出了矿工们蕴藏在心中很久很久的心声："矿山，我爱你！我呼唤着你！歌唱着你！拥抱着你！是你给了我智慧、给了我力量、给了我战胜困难的勇气。我离不开你呀！我怎能离开你！我的身体里流淌着的是你的热血。是你给了我希望、梦想。”

啊！矿山——母亲、故乡。我要用自己智慧的双手，将你打扮得更加美丽。

背后的矿山一天天削低、变深，郭明义是历史的见证者和参与者

飘雪的日子

飘雪的日子，是令人难忘的日子。

20年前，一个飘雪的夜晚所发生的事情，至今记忆犹新，难以忘怀。

那是刚踏进营房第五周的一天。这天，19岁的我经过一天紧张的爬冰卧雪训练，感到极度的疲劳。不知咋的，连续几天的大雪下个不停，坐落在半山腰的营房被厚厚的积雪覆盖着，我们连位于一面山坡上的第一层阶梯，那晚值班站岗也正好轮到了我们一连三排一班。

风夹着雪花，发出呼呼的声音。漆黑的夜晚，不时地从山谷的那一面传来野狼的号叫声。也不知什么时候，睡梦中的我，被人轻轻地触摸了几下，隐约听到了换岗的战士叫我上岗，我似乎答应了两声，却不知不觉地又睡了过去。当我梦醒时，已经是第二天黎明时分。这时，我忽然感觉到自己犯了一个大错误——漏岗了。我以最快的速度穿好衣服，拿起半自动步枪，箭一般的冲了出去，抬头却看到了排长已站立在那里，注视着山口那边的一切。此时此刻，自己无言，羞愧得泪水刷地落了下来。

记得我千里迢迢来到这冰雪世界黑龙江的第一天，排长就对我们讲了："当兵站岗是每一个军人的神圣职责，我们连三面环山，唯一的出口通往重要的公路，我们不仅担负着一连，而且还有二连、三连、炮连的站岗警戒任务。"

从那次起，每每飘雪的夜晚，我便想起排长，想起排长的无言的批评。

自那次起，那飘雪的夜晚发生的故事，时时激励我做好每一件事，完成好党交给我的每一件工作。

飘雪的日子，是令人难忘的日子。

期待春天

当冬雪把秋天的最后一片枯叶掩埋，当大地银装素裹，天空飘满雪花，人们踏雪赏月时，我却在静静地、轻轻地、悄悄地期待着，渴望着春天的到来！

我期待着、渴望着春天的到来，是因为我心中有着无限的梦想。

我梦想：像儿时那样，推开房门，扑入春天的田野，踏着嫩嫩的绿草，闻着花香，迎着温暖的春风，张开嘴，大声地喊叫着、呼唤着，春天来了！

说实在的，冬天是极不情愿的，带着它的寒意，它的贪恋，它的无情走开的；而春姑娘，却披着轻盈的雪花，舞动着曼妙的身姿，用她那纤纤玉指，温柔地抚摸着万物生灵，精灵般的，迈着春天的脚步向我们走来。

我热切地期待、渴望着春天的到来，是因为春天将驱走寒冷，寒夜，带给我一丝丝暖意，带给我理想的翅膀，让我飞翔在蓝天下，白云里，溪水旁，去抚慰我那孤独的、疲惫的心灵，让春天在我的心底，扬一分激情，让理想、热情、魂魄同春天约会。

在这转瞬即逝的冬天里，我似乎感觉到了，在冰天雪地里的祖国，河流、山川、大地，有一种力量在涌动，你会听到：冰层“咔嚓咔嚓”的断裂声，大地“呼哧呼哧”的喘气声，积雪下冬麦“咔吧咔吧”的拔节声，春姑娘“踏踏踏踏”的脚步声，还有大雪融化后，雪水的“滴答滴答”声。

在这个时候，抒情诗人胸中的激情在奔涌，“春天的梦想”缓缓流淌成诗句，洋溢着春天的气息，荡漾在人们的脸上、心里，还有那含苞待放的春花里、微笑里。作曲家也抑制不住激动的心情，在琴弦上奏响了“春天的舞蹈”的主旋律。年轻的歌手，更是控制不了自己沸腾的热血，敞开嗓门，情不自禁地唱响了“春天的歌”，那歌声久久地回荡在祖国的上空。

快来吧！唱起来、跳起来，用我们的快乐充满春天，用我们的心灵感受春天，用我们的激情碰撞春天，用我们的爱心拥抱春天、亲吻春天、触摸春天。

在这片神奇的、梦幻的、激情的、迷人的、肥沃的、多情的土地上，我的心恰似那小兔般的跳动着，默默地期待着，渴望着春天的到来。

一年又一年，我守候着这唯一的永恒的信念：“如果冬天来了，春天还会远吗？”

郭明义在矿业公司推进战略促发展劳模座谈会上

梦中的矿山

一位退休老工人，拄着拐，在儿子、孙子的搀扶下，来到了他工作了一辈子的矿山。他抚摸着刚刚采掘出来的红褐色的、发烫的矿石，流下了两行深情的泪。

太熟悉你了。闻着你的清香，踏着你那富有节奏的韵律，静悄悄地来到你的身旁。脸紧贴着你，身紧靠着你，一伸手就能摸到你。岁月如诗、如画、如歌，伴随着你我他，矿山走过了无数个不眠的夜晚。

矿山在变。隆隆的炮声，似春雷，敲响了矿山“入世”的锣鼓。

矿山的人在变。现代化的设备，在有知识的新一代矿工手里，用电铲那粗犷的手臂，捧出块块乌金，送到钢厂，锻造出强大，冶炼出尊严。电机车、电动轮、钻机、计算机欢歌笑语，编织着矿山明天美好的蓝图。

太熟悉你了。呼吸着你的空气，听着你的赞歌，神圣美好的乐曲，心中仿佛有一种不能改变的庄严。躺在你的怀里，听着你述说那惊心动魄的撞击。是你托起了太阳，也托起了想着你、爱恋着你的矿工。

矿山，我站在你的脚下，我仰视着你，默默祝福着你。

矿山，我梦中的故乡，我爱你，我的血管里流淌着的是你的血。你似太阳，给我力量，给我温暖。

你又似我再生父母，给我生活的勇气，给我创造的动力。我离不开你啊，梦中我常常呼唤着你的名字：矿山。

生命绿色

昨夜，小雨飘得特别温柔。雨用它带有灵性的小手，触摸着树木、花朵、绿草、天空、大地。我就像一个天真的顽童，怀着梦想，带着好奇，来到了被雨丝亲吻过的鲜花环绕、草坪烘托、绿色怀抱的鞍钢新钢铁齐大山铁矿调选、热电、采矿分厂。

漫步矿区，迎面扑来的是那柳树、槐树、樱桃树、李子树。一片片、一树树、一丛丛、一团团、一朵朵、一座座。依山而行，树连着树。蓝天、白云、树木、花草、流水，交织成了一道道亮丽的风景线。

满眼的绿、满眼的歌、满眼的诗、满眼的情，似在梦中，似在人间仙境，阵阵暖流涌上心头，感动得我泪如雨下。

绿是矿山的生命
绿是矿山的语言
风光无限美
绿色在矿山

绿色的爱、绿色的空气。矿山啊！绿色是你的音符，你的歌声，你的奉献。绿色在你的怀抱里，飘洒着、飞翔着，伴随着花香，伴随着蜂蝶，翩翩起舞，在蓝天的映衬下，显得楚楚动人，可爱至极，形成了绿色的旋律。

矿山的夜晚，那风、那雨、那雾，飘飞着，落在树上、草上、花上，活蹦乱跳，仿佛陡然站立起来，唱着歌、读着诗、奏着乐。树绿了，天蓝了，一幅幅七彩的图画，点缀于大地上、天空中、白云里、溪水旁。

鲜活的绿色，鲜活的生命。生命的绿色，矿山的绿色。

矿山的绿呀！你展露了矿山的无限风光。展开想象的翅膀，飞翔在矿山的绿色海洋里，捧出了万紫千红的绿色矿山的春天。

矿工，为矿山铺满了绿色，为矿山添满了绿色。有生命就有绿色。植树、种花、种草，是矿工对生命的爱、对家乡的爱。神秘绿色深深地吸引着我。漫步在绿色的矿区，寻找我那心中的真爱、真情、真心。感受着绿色的温暖、绿色的抚爱、绿色的打扮、绿色的亲吻、绿色的滋润。

看，绿色的矿山，绿色故乡的矿工，用自己的一双粗壮有力的大手，栽种下了矿山的未来。花儿开了，草儿绿了，环境变了，心情好了，歌声多了。洒下了辛勤汗水，收获了矿石，也收获了绿色：

梨树枣树樱桃树南果树
柳树槐树大杨树银杏树

矿工们捧出最绚丽的绿色果实，编织着美丽的花环，献给你我的故乡——矿山。

在绿色矿山绽放着、放飞着，雨来了，风暖了，树笑了。久久的期待，几辈矿工辛勤地耕耘着，劳作着，挥洒着汗水。乔木、灌木、柳树、桃树、樱桃树，给矿山注入了绿色的生机和活力。矿工们感受到了更多的欢乐和幸福。

雨后的矿山，火热的太阳升起来了，给矿山披上了金色的阳光。清新的空气，令人倍感爽快。我边走，边流连着，驻足着，看到了，摸到了，闻到了，树抽出了稚嫩的绿芽，花吐出了茸茸的花苞。矿山的鸟儿、雁儿飞来飞去，歌唱着、欢舞着，同矿工一起制造浪漫，制造绿色，给了祖国母亲，给了丰收的大地。

矿山，这难忘的绿呀！

春天的梦

梦里醒来，推开窗户，满眼的绿，迎面扑来。那醉人的绿啊，滴着晨露，滴在了树上、花上、草上。孤独的我，融入了仅一点点，便滋润了我那久渴的心灵。

春天，似一杯酿好的、浓烈的、甘甜的百年老酒，吐着芬芳，喷着花香来到了你的身旁。在苏醒的土地上，忙着耕耘、忙着播种，融进了希望、融进了期待。

春天是恋爱的季节，相思树下、情人街上，一对对恋人、情侣，悄悄的脚步、悄悄的话，相互诉说那——春天的情话、情梦、情思、情雨、情结。

春天，我心中圣洁的精灵。春雨，你滋润着我；春风，你抚摸着我；春雪，你打扮着我。梦中，我真想：将我那粗糙的肌肤，贴在你那嫩滑、飘着红润的脸，亲上一下。望着你那轻盈的舞姿，白玉般的身躯，常常地使我，松开了自己那感情的闸门，尽情地拥抱着你、触摸着你、亲吻着你——那五颜六色的唇。

春天独舞。春雨是甜的、春风是温柔的、春雪是温暖的，春天像孩子的笑脸，嬉戏着、歌唱着，在蒙胧的绿色的土地上，飞舞、飘洒。

矿山的春天

嘘，小声点。不要惊扰了春天里矿山上正歌唱的鸟儿、雁儿，还有那正在升起的太阳。

伴随着鸟儿的歌唱，在洒满阳光的矿区里，树儿、花儿、草儿，泛着绿波，张开了春天的歌喉，唱响春天的歌。电铲司机、钻机司机、平路机司机、电机车司机，乘着歌声的翅膀飞翔在沸腾的矿山上空。

歌唱矿山，歌唱矿工，歌唱美好。赞美心灵，倾听动人的故事。矿山上的每一首歌，恰是那滚烫滚烫的跳动的心!

听吧！平路机在歌唱：歌唱着把自己的名字，深情地刻在光洁的路面上，涂抹着五彩的人生之路，留下了汗水、热血，还有同大地相融的理想。

看吧！深夜里，仰望着繁星闪烁的天空，俯瞰采区：电动轮的灯光呀，电铲的霞光呀，钻机的星光呀，眨着眼睛，闪着金光。悄悄地、轻轻地、静静地，播撒着爱的暖意。

走在洒满阳光的道路上，一位年轻的矿工，带着春天般的微笑，自然地，动情地唱出了心中久藏的恋歌：“我是大山的儿子，是大山养育了我。不论我走到哪里，我永远是一名矿山工人。”矿山上迸射出奉献的主旋律，总使我们牵动情感！每一种力量，总让我们无比坚强！每一首歌曲，总让我们的心灵震撼!

望着沸腾的矿山，激荡的心情难以控制。

矿山，我爱你，我歌唱你，一次次来到你的身边。看着你，恋着你，亲吻着你，抚摸着你，拥抱着你呀！虽说我不是第一个把你来歌唱的人，但我却愿终生、无怨无悔地赞美你、歌唱你。因为你给了我生命、勇气、热血，给了我战胜狂风暴雨的意志和信念，给了我一双明亮的眼睛，在黑夜里去寻找梦想和希望。

梦里，我常常地歌唱你，呼唤着你。

矿山，我爱你！一遍遍，一声声，几回回梦里见到你呀！

啊，矿山，母亲！激动呀、欢呼呀、跳跃呀、歌唱呀，满含热泪触摸着你。

春大奉献的颂歌，在十里矿山，久久地飘荡、飘荡……

郭明义（右二）和工友们在一起

矿山——火红的五月

五月矿山的晨光，玲珑、剔透、晶莹而多姿。电动轮、电机车、电铲、钻机披上了金色的阳光。

飞翔在矿山的鸟儿、雁儿，在火红的五月里，用真情为不眠的矿山，为眨着疲惫双眼、露出笑容的矿工，为这一个又一个高产的夜晚，为这沸腾的五月而歌唱。

不眠之夜的矿山，真心、真情、真爱在歌唱。流淌的音符，化做了道道彩虹，插上了想象的翅膀。飞翔！飞翔！飞翔！蓝天里，白云下，溪水旁。留下你：火一样的激情，梦一样的理想，爱一样的情怀，血一样的奉献。

矿山的儿子。在火红的五月里，当你烦恼时，我就是你倾诉的对象。当你因爱而激动时，我就是你梦中的少女。为你而流泪，为你流血，为你呐喊，为你鼓掌，为你歌唱，为你奏响时代的最强音——奉献光和热，为你吹响入世的号角——融汇于世界钢铁行业。

矿山——火红的五月。

矿山的儿子。拖着疲惫的身体靠近了你，心里顿觉阵阵暖意。红褐色的矿石，在火红的五月里，更红、更亮、更热，似鲜红的血液，似初升的太阳，光芒耀眼、激情四射。

你是自然的宠儿，你经历的风雨最多，你感受到了祖国母亲的心跳和微笑。

火红的矿山、火红的矿工、火红的五月、火红的年代。

跳动的音符、流淌的乐曲、神圣的美妙的“矿工之歌”，珍藏在你的心窝里。

我是一名党员（诗）

我是一名党员
我深知
自己肩上的担子有多重

我是一名党员
这庄严神圣的名字
使我深深地知道
自己应该做什么
不应该做什么

我是一名党员
站在庄严的党旗下
举起自己的右手
宣誓宣誓宣誓
这崇高的承诺
需用一生去实践
热血去浇铸
生命去创造
青春去畅想
努力去奋斗
誓死去捍卫
你的名誉
你的伟大
你的目标
你的事业

我是一名党员
我平凡——普通党员
我奉献——在岗位上
我热爱——祖国人民
我拥抱——小草小花小树
我默默地做着
那属于党的一切的事业
这应该是一名党员的品质
这品质如莲花如芙蓉如雪山
如森林

我是一名党员
我在做着
伟大人民认为应该做的
一点点的事情

心中的歌

唱支山歌给党听
我把党来比母亲
母亲只生我的身
党的光辉照我心
——题记

一支歌
一支永恒的歌
似欢腾的大海
似月光下的小夜曲
似缓缓流淌的小河
似盛开的鲜花
喜马拉雅山粗犷的身躯
西部苍野的博大
草原辽阔无际的天空
在矿山在大地
在太阳升起的地方唱响
奉献给你呀
我的母亲——亲爱的党

我歌唱你
是你给了我生命
给了我沸腾的血液
使我奏响了生命的乐章

我热爱你呀

我的母亲——亲爱的党
你用温暖的春风
抚摸着我

我的生命
仿佛是一根草
绿满大地
仿佛是一只鸟
张开翅膀
在蔚蓝的天空里
呼唤着歌唱
歌唱着呼唤
有痛苦有欢乐
用嘹亮的歌声
激荡着群山
凝结成一支庄严深沉的赞歌
献给你呀！
我的母亲——亲爱的党

走进鞍钢

我走进了鞍钢
走进鞍钢的还有桃花杏花梨花

火红的
像奔流的钢水
汹涌着澎湃着舞蹈着

粉嫩的
像天边的霞光
迷人着闪耀着变幻着

污浊的
像炉前工脸上的汗水
流淌着洒落着纷飞着

我走进了鞍钢
走进了一个梦幻般的世界

风吹到处
便是那桃花如云花香扑面
鸟落满枝头的世外桃源
平改转，全连铸
17801700轧机彩涂板生产线
像一只报春的布谷鸟
传递着喜讯
新一号高炉投产的喜鹊

又来鸣响春天的歌唱
我踏着脚步来
披着金色阳光的鞍钢
是我梦幻中的少女

高炉湿润的暖风
轻拂我抚摸我爱抚我
我嘴嚼着花的甜味
手捧鲜花来
高炉转炉彩涂板
轧钢机炉前工
奏响了鞍钢新世纪的乐章
我来了
来到了
这魂牵梦绕的
鞍钢

我能给你什么，我的朋友

我常常问自己
我究竟能给你什么?
我的朋友
虽不知道这个答案
但我深深地知道
我确实能给你
那属于我的生命
我的爱
还有那用生命和热血
铸成的诗
在夜深人静的时候
我在想
我还能给你什么?
给你喜马拉雅山
珠穆朗玛峰
让你感受到梦的存在
还有那生命的庄严

给你一处山泉
让甘甜清澈的泉水
滋润你那疲惫旅途中
久渴的心灵
还有你那沸腾的血液

来吧！亲爱的朋友
让我给你一个太阳吧！

让那太阳的光辉
驱散寒夜温暖着你
带给你绿色
带给你蓝天

还是让我给你唱支歌吧！
不论你在我身边
还是在天涯海角
这支歌伴随你
走过生命里的
春天的田野
寒冬的旷野
秋天的灿烂
夏日的火热

这就是我所能给予你的一切！

永恒的记忆

曾记得
60年前
我的爸爸妈妈爷爷奶奶
还有我那可爱的叔叔
就着《义勇军进行曲》
高亢雄壮的旋律
高唱着
“起来不愿做奴隶的人们”
端起刺刀
抡起大刀
挥动着血染的战旗
吹响了埋葬日本侵略者的战斗号角

看吧！
拿起猎枪
冲在队伍最前面的
是我那大个子爷爷

听吧！“冲呀！杀呀！”
我那年轻的爸爸
高喊着
冲向敌阵
同敌人展开了肉搏战

我没有忘记
我的爷爷是左权

我的妈妈是赵一曼
把豺狼引到
八路军伏击圈的
是我那年轻的叔叔
放羊娃——王二小

怎能忘记呀!
在我的记忆中
他们没有留下任何
值得我炫耀的财富
但是
他们
就是他们
却给我留下了
一个完整的祖国
还有那
矗立在祖国大地上的
座座丰碑

我的心中
有左权爷爷赵一曼妈妈
留给我的信
叫我不要忘记60年前
这一被历史所凝固的时刻

不要忘记呀!
世界并不太平

“靖国神社”还在闹腾

有人想抹杀

有人想重演

……

记住吧！努力吧！奋斗吧！

强大的祖国

定是那所有敌人们

不可逾越的

钢铁长城

矿山组诗

电铲
人们无法说出他的巨大
伸出的手臂去触摸太阳
旋转的世界里
闪烁的星空里
捧出乌金
恰似那太阳洒下的余晖
电铲
怎能没有你
在矿山的每一个角落里

钻机
人们无法想象
地球的贫瘠荒凉的土地上
竟能留下你的足迹
每座山脊
有你亲吻的痕迹
种下温暖的力量
没有你的日子
大山显得多么的沉寂

矿工
上帝
派来的精灵
抚摸喜马拉雅山的脊背
放歌西部的苍野

默默里
平凡里
释放着太阳的灵光
这里怎能没有你呀
我的上帝……

见到了你

粗犷豪爽的矿工
自从见到你
那一瞬间
我就深深地
喜欢上了你

握惯了电铲闸把的双手
是那样的有力
站在你面前
望着你
拥抱着你
看也看不够呀!
亲也亲不够

一个眼神
一次微笑
传递着的是温暖
表达着的是情意
深深地爱上了你呀!
有了你
才有了矿山的生机与活力

人类的梦想

人类的心胸究竟有多宽多大
难以想象
不仅容纳了太平洋印度洋大西洋
珠穆朗玛峰玛丽亚纳海沟
还容纳了地球月球宇宙空间

人类的眼睛啊
不仅看到了太阳系银河系
还穿行在茫茫宇宙空间

人类的手臂啊
伸出去
摘星捧月
触摸火星

人类的脚啊
迈向了他能够想象到的空间
脚踏月球
仅穿行时光隧道一步
竟迈出了38.4万公里

今天啊
人类能够飞翔得更远更远
星际游子
“先驱者”、“旅行者”
从遥远遥远的银河系漫游着探索着

眺望着太阳系
遥望着地球
向人类发出了
渴望已久的空间声音
“我还在太阳系外漫步，一切安好。”

帕瓦罗蒂那诱人的男高音啊
在月球上火星上
引吭高歌

东方红乐曲神舟号飞船
载着中国人的梦想
遨游着飞翔着
在太阳系银河系宇宙空间里
同未知的朋友交流着感应着传递着

人类啊
用胸怀去容纳
用眼睛去探索
用心去感受
用手去描绘
用脚去踏遍
他所能够想象到的宇宙空间

人类的梦想有多大
人类的生存空间探索空间
就有多大

后 记

郭明义的故事仍在继续，他仍然带着他的爱心联队尽心尽力地帮助着每一个需要帮助的人，他一直在用平凡创造着伟大，用爱心呼吁着爱心，他用人格魅力吸引更多的人加入他的联队。他让更多的人献出自己的一份爱心，他让社会多了一份和谐和感动。

我们在编辑这本书的同时，也被郭明义的事迹深深感动着。并且得以亲赴鞍山采访、了解故事背后更多的人和事，从而更加感动于他无私的奉献，感动于他真诚的付出。因为，他所给予的不仅仅是物质上或金钱上的帮助，更多的是精神上的鼓励和关怀。他成为许多贫困孩子的精神支柱，他让许多处于绝望边缘的人重新鼓起生活的勇气和自信。他只是个凡人，却有着独特的人格魅力，让人们情不自禁地信任他，追随他，做像他一样的人！

到目前为止，越来越多的人了解了郭明义，也有越来越多的人加入到郭明义爱心联队中去。大家都积极响应郭明义的号召，只要是他发起的爱心活动，总有许许多多的人参与进去，跟他一起资助，跟他一起献血，甚至跟他一起献造血干细胞。他不再是人们眼中的“傻瓜”，而成为人们的爱心领军人物。他用广博的爱包容着这个社会，包容着这个时代的“贫困”。他的这种博爱在这个时代是如此的珍贵、如此的可遇不可求，因此，我们希望更多的人来学习他、跟随他。

也许我们做不到郭明义的那种程度，但至少我们可以学习他的精神。对于每件事情都能认认真真地完成；热爱我们的事业；在我们的工作岗位上尽心尽责地工作；遇到需要帮助的人，就伸手拉他们一把。也许有时候对你来说只是一件很小的事，但对于被帮助的人却非常重要。时常想着那些处于逆境的人们，想着那些正在忍受病痛折磨的苦难的人们，让我们给他们以希望，使他们振作起来。勿以善小而不为。只有当更多的人抱着帮助他人、奉献社会的想法时，这个世界才能真正充满爱，我们才能真正感受到温暖，体会到和谐！